De manga a jiló provei
na terra onde me batizei

HISTÓRIAS INTERIORANAS

JOSÉ HUGUENIN

De manga a jiló provei na terra onde me batizei

HISTÓRIAS INTERIORANAS

1ª Edição

1ª Reimpressão

Volta Redonda – RJ
2015

Foto da capa: acervo pessoal do autor

Dados Internacionais de Catalogação na Publicação (CIP)

_____

H891a   Huguenin, José, 1978 -
           De manga a jiló provei na terra onde me batizei : histórias
           interioranas / José Augusto Oliveira Huguenin. - - São
           Paulo : Scortecci, 2014.

     ISBN 978-85-366-3651-1

     1. Crônicas : Literatura brasileira 869.93

14-03185   CDD: -869.93

_____

Para José Maria Huguenin,
onde estiver, e tudo que ele mais amou:
nossa família, Doris, Livia e João Paulo

Santa Rita da Floresta
Cantagalo – RJ
1939

Sumário

... Este é verídico!

Era com essas palavras que muitos contadores de casos de Floresta iniciavam sua fala, depois de intensa disputa para saber quem contaria a próxima história. E eram muitas histórias! Muitos contadores! Muitas passagens ricas e de fato verídicas, algumas exageradas, outras inventadas, mas que com o passar do tempo tornaram-se, todas, fatos históricos.

São essas histórias que inspiraram as crônicas contidas neste livro. O desejo de escrever sobre elas nasceu durante a finalização do meu primeiro livro de poesia, *Vintém*. Tentei escrever um poema que homenageasse meu pai, José Maria Huguenin, falecido em junho de 2004, mas nada que saiu julguei adequado, nada estava à altura. Pensei nas histórias vividas e contadas por ele. Pensei no quanto ele amava Floresta e gostava de uma reunião entre amigos em que se contavam os casos. Aí o projeto nasceu. Decidi que iria escrever sobre esses casos e dedicaria não uma poesia, mas todo um livro, com muitas histórias, em que ele seria cronista e personagem. Esforcei-me para que o livro ficasse pronto em 2014 de forma a marcar com algo alegre, bem ao espírito de meu pai, os dez anos de sua passagem. Explico, assim, a dedicatória deste livro. Também devo agradecer a outros cronistas de quem ouvi muitas histórias e cujas narrativas espontâneas e perspicazes me deliciaram. São eles: Jorge Augusto Huguenin (*in memoriam*), João Batista Huguenin, Fernando Augusto Huguenin, Renato Zanon (*in memoriam*), Humberto Zanon e o impagável Marco Aurélio Cortat Ornelas, o maior contador de casos que conheço.

As crônicas não são literalmente os casos, mas foram inspiradas neles. Busquei criar narrativas em que casos de uma dada temática se conectassem dando corpo às histórias. Quem vivenciou algumas destas passagens poderá reconhecê-las durante o decorrer da leitura, de forma que acredito que o livro sirva, também, como registro das vivências de nossa terra, embora não tenha pretensão histórica. Quem não as vivenciou poderá conhecer um pouco da vida de uma cidadezinha do interior, não muito diferente de tantas outras, Brasil afora.

Quando os cronistas terminavam seus casos, após gargalhadas e protestos incrédulos, recebiam o reforço de algum assistente da plateia que dizia:

– Foi verdade, eu estava lá!

Alguns casos jamais saberemos se aconteceram ou não. Outros, porém, posso atestar a veracidade. Eu vi. Eu estava lá!

Mangas verdes, sangue vermelho

Em geral, chama-se uma pequena vila de "Rua". Ir à vila significa ir à Rua. Isto porque muitas pessoas moram no entorno. Umas mais perto, outras mais longe. Elas não moram na Rua. Há aqueles que moram na Rua. Estes têm vizinhos próximos. Às vezes casas separadas por uma porta com tramelas. As crianças dessas casas crescem e brincam juntas, e também brigam muito. Em duas dessas casas, bem em frente à praça da vila, viviam duas famílias muito amigas, com diversos filhos. Todos se davam bem. Havia dois garotos, Zezinho e Joãozinho, que regulavam idade e estavam sempre juntos. Para o bem e para o mal. De uma feita, o pai de Zezinho colocou algumas mangas verdes para amadurecer em uma grande caixa de madeira que ficava no paiol e continha arroz ainda em palha. O irmão caçula de Zezinho perturbava o pai, pois queria comer uma manga. O pai dizia, já cansado da teimosia: – *Está verde, tem que esperar madurar*. E o caçula chorava e pedia de forma insistente. Os inseparáveis amigos acompanhavam a cena. Também lá com sua gulodice, Zezinho disse ao pai, apontando para uma manga: – *Aquela ali já dá para comer.* O pai, dominado por um acesso de raiva pelo filho o ter desdito na frente do caçula, agarrou-o pelo braço e com a outra mão alcançou um chicote feito com couro de boi que estava pendurado no esteio do paiol e perguntou num rompante de sabedoria: – *Escolhe: quer apanhar de chicote ou comer todas as mangas verdes?* Nisso, o irmão caçula e Joãozinho chisparam dali, morrendo de medo, correndo para a praça. Zezinho, também um sábio, escolheu apanhar e o pai, vendo que aprendera a lição, lhe perdoou. Saiu do paiol todo serelepe, orgulhoso de si. Ao chegar à praça, seu amigo cochichava com a garotada e todos caíram na gargalhada, zombando de Zezinho porque apanhara do pai.

– *Eu não apanhei, seus bobos! Respondi certo à pergunta que papai me fez e ele não me bateu.*

– *Seu mentiroso, eu vi quando seu pai pegou o chicote!*

– *E você correu feito um maricas, com medo de sobrar para você.*

O diálogo foi o suficiente para os amigos se atracarem. Foi uma guerra. Zezinho agarrou o pescoço do amigo, que por sua vez, ao ser engravatado, mordeu o peito do outro. O sangue jorrou na hora. Joãozinho ficou com o rosto coberto de sangue e foi para casa chorando após um soco que Zezinho lhe deu ao se desvencilhar da mordida. Ao entrar em casa deu de cara com o pai de Zezinho, que viera fazer uma visita ao compadre. Ao ver Joãozinho banhado de sangue, chorando e contando da briga, o pai de Zezinho pensou que o sangue era do filho de seu vizinho. Desta vez não teve escapatória. Saiu furioso para a rua, onde o encontrou e deu-lhe uma sova, como se costuma dar nas pequenas cidades brasileiras. Pobre Zezinho! Foi mordido pelo amigo e tomou uma coça do pai. Ficou a lição: quando usou a sabedoria escapou do castigo. Quando agiu impulsivamente tomou um corretivo do pai.

Doce de jiló

O irmão mais velho ficou noivo. No poente, os quatro irmãos paravam com o trabalho, arrumavam-se e iam para a rua. O noivado proporcionou aos três mais novos uma nova vida: eles acompanhavam o noivo e, enquato este noivava, brincavam na praça. Um dos três era craque de bolas de gude e de futebol, outro era ruim de bola e o terceiro nunca se ouviu dizer que jogava alguma coisa. Todos eram muito trabalhadores. Sob a liderança do irmão mais velho plantavam, tiravam leite e ainda, quando dava, pegavam pequenas obras para fazer. Aquele recreio à noite, com o irmão indo noivar, era um alento aos três menores. Sentiam, nessas horas, a leveza da infância e da adolescência. Todos os dias o irmão mais velho ia noivar. E os meninos o acompanhavam.

Outra coisa que os meninos gostavam no noivado era o fato de, na hora de ir embora, passarem na casa da sogra do irmão para chamá-lo (sempre na hora exata, estipulada, senão tinham que se ver com ele no dia seguinte). Nesta parte do ritual, a velha senhora sempre os chamava para entrar, beber um café. De quando em vez ela oferecia uma raspa de goiabada. A velha era uma doceira de mão cheia e sua goiabada era famosa em toda a região. A mulher tinha fama de brava, era ranzinza, iniciava as falas sempre com "*Pro causo* que". Eles sempre torciam para terem sobrado umas raspinhas de goiabada.

A noiva do irmão dava-lhes atenção para mostrar ao noivo como tinha jeito com crianças. Puxava conversa. Toda arrumada com salto alto (naquele tempo, uma novidade), tentava puxar assunto com os meninos. Achavam engraçado, pois com aqueles sapatos ela andava na ponta dos pés, de um lado para o outro, fazendo um *toc-toc* no piso de tacos bem encerados. A mãe fazia careta, ficava preocupada que aquele toquinho de madeira lhe arranhasse o piso.

Numa dessas conversas perguntou-lhes o que estavam colhendo na lavoura. Eles falaram, em tom triste, que plantaram uma lavourazinha de jiló e a colheita estava farta.

– Cada um deste tamanho – separavam as mãos, exagerando.

– Mas isto é maravilhoso! Por que estão desanimados? – questionou a noiva.

– É porque não vende. Vamos ter que jogar fora.

A sogra, que jamais deixava a filha sozinha com o noivo, nem quando os meninos estavam lá, resmungou da cadeira de balanço:

– *Pro causo* que se for jogar fora, me dá que eu faço doce.

– Doce de jiló?

– *Pro causo* que é muito bom. Minha mãe fazia, botava umas folhas de figo, fica igualzinho.

Dois dos meninos ficaram empolgados, haja vista a fama de doceira consagrada da sogra do irmão:

– Doce de jiló?

O menino do meio, contudo, detestava jiló. Não podia nem sentir o cheiro. A velha era boa doceira, mas ninguém no mundo poderia fazer jiló ficar bom. Nem doce, pensava ele. Os outros dois se animaram. Encheram um balaio de jilós graúdos e levaram para ela. Na semana seguinte o doce ficou pronto. Eles iriam experimentar depois das brincadeiras na praça.

– Mamãe, os meninos chegaram.

– *Pro causo* que dá doce pra eles, ué.

A noiva do irmão, muito atenciosa, serviu do doce para os meninos. Um jilozão para cada um. O menino do meio viu-se, então, numa enrascada. A sogra do irmão tinha a fama de mulher brava, de forma que teve medo de recusar. Mais medo ainda tinha de deixar no prato. Uma coisa deseducada e sacrílega naquelas paragens é o desperdício. Ficou rodeando o jiló com a colher. Colocou um pouco da calda na boca. Viu que não conseguiria engolir nada. Com a colher mediu o jiló e viu que conseguiria acomodá-lo na boca. Assim o fez. Vigiou a atenção dos convivas e por estarem todos compenetrados em algo colocou o jiló inteiro na boca, pondo fim à tarefa. O irmão mais novo olhou para o lado e viu o prato do outro vazio. Sabendo que este não gostava de jiló, espantou-se:

– Ué, o mano gostou do doce de jiló!

– *Pro causo* que serve mais pra ele, uai – retrucou a sogra, que passava por trás dos meninos naquela hora.

O menino do meio teve um calafrio. Congelou. Não podia dizer que estava satisfeito, pois estava com a boca cheia. A noiva veio novamente com a vasilha e serviu um jiló menorzinho. Recebeu um sorriso amarelo do futuro cunhado, que sequer mostrou os dentes.

Tão tímido este menino, pensou ela.

De fato o era. Mas naquele momento o que o consumia era achar uma saída para a situação. Rolava o pequeno jiló no prato. Viu o irmão mais velho consultar o relógio. Já estava tarde. O noivo, então, fez menção de levantar-se para se despedirem. O menino enfiou o segundo jiló na boca e correu para a porta acenando com as duas mãos um adeus apressado. Se não o soubessem tímido o tomariam por deseducado. Ao saírem na rua, cuspiu os jilós guardados a duras penas e partiu para cima do caçula por tê-lo feito pegar mais doce.

Decidiram, então, não mais comentar sobre as lavouras. Vai que a sogra do irmão inventava de fazer doce de berinjela, pimentão, cebola...

Devagar crianças

A mãe, precisada de sal para fazer o almoço, manda o filho caçula à rua para pegar na venda.

– Pede para seu Manuel botar na conta. Mas, olha só, tem que ser rápido! Preciso do sal para fazer o almoço. Vou cuspir no chão. Antes de secar você tem que estar de volta.

O menino saiu em disparada. A mãe sabia que era preciso fazer aquela pressão, pois o caçula era avoado.

Chegando à venda, enquanto aguardava a vez para ser atendido por seu Manuel, ouvia a conversa dos homens lá reunidos. Gostava de ouvir os adultos conversando.

– Agora nós estamos vendo o progresso chegar. Estão colocando placas de sinalização aqui na Floresta e pela estrada também.

– Rapaz, e eu não sei? Fui a Cantagalo ontem de manhã. Quando voltei à tarde tinham colocado tantas placas no trevo que se eu não sou letrado ia parar em Euclidelândia!

– Pois é, e estão colocando placas de trânsito também. Quem não obedecer vai preso!

O menino se espantou. Lembrou-se da professora falando da instalação das placas de trânsito na vila. Explicou o que era, falou da lei e de como devemos obedecer à sinalização. O menino pegou o sal e saiu em disparada, a mãe o esperava. Mas, de súbito, só agora depois da conversa que ouvira, é que reparou nas placas sinalizadoras. Era mesmo avoado.

"Quem não obedecer vai preso!" Essas palavras ecoavam, ainda, na sua cabeça. Passou a ler as placas. Obedeceria. Não queria ir preso.

– Can-ta-ga-lo. Uma seta para a direita. Puxa, será que papai não poderá mais ir pela Santa Guilhermina?

Ao passar pela escola ficou estarrecido. Estava andando rápido e estancou. Passou a caminhar passo a passo, lentamente.

Como demorava, a mãe saiu em seu encalço, já arrependida de tê-lo enviado para missão tão urgente. Foi encontrá-lo ainda na metade do caminho.

— Menino, eu com o almoço por fazer e você brincando de andar que nem formiga, vê se tem cabimento!

— Não, mamãe! Não estou brincando, não. Estou obedecendo às placas. Senão a gente vai preso.

— Que placa, menino?

— Aquela que tem perto da escola. Ela diz para andar devagar. Está escrito: "Devagar crianças".

A mãe se segurou. Riu-se por dentro. Sabia que ele precisava estudar mais pontuação.

O artilheiro do brejo

No interior o domingo é o dia destinado a namorar e a jogar futebol. Não necessariamente nessa ordem. Não necessariamente com essa combinação. Quase sempre as namoradas, ao sentirem-se preteridas frente às partidas de futebol, exigem que o namorado escolha: "É ele ou eu". Deixando claro que "ele" é o futebol. Há sempre aquele que é fanático pelo esporte bretão. Quase sempre os fanáticos não são lá grandes atletas. São esforçados. Têm fôlego (em geral, proveniente do trabalho duro), aguentam correr por horas, mas têm pouco talento. Possuem as juntas duras (em geral, proveniente do trabalho duro). Jogam sempre no segundo time, também conhecido como *esfria-sol*.

Havia na vila um tipo enciclopédico desse perfil. O rapaz era louco por futebol. Saía da lavoura em que trabalhava correndo para chegar ao campo e jogava, ou melhor, corria até anoitecer. Por isso gostava, naquela época, do horário de verão. Podia treinar mais. Seu conflito entre namoro e futebol aos domingos começou logo com a primeira namorada. Ela indignava-se ao ter que dividir o namorado com horas e horas de futebol: depois do almoço ele jogava no *esfria-sol,* em seguida assistia à partida do time principal, o primeiro time, sempre inconformado por não ter sido escolhido para compor o elenco principal.

– Eu sou melhor do que aquele lateral!

À noite, ouvia pelo rádio as partidas dos times da capital. Quando teria tempo para ela?

A questão se agravava quando o time local era o visitante e as partidas ocorriam em outras paragens. A namorada ficava a imaginar as "marias-chuteiras do brejo" fazendo festa para seu futuro marido.

Certo dia o rapaz passou na casa dela para despedir-se ainda pela manhã. Jogariam longe e a viagem seria no caminhão de leite. A moça ficou furiosa ao ver o rapaz chegar com a *chuteirinha* pendurada no pescoço. Quis chorar, escondeu o rosto com as mãos. O rapaz tentou consolá-la sem entender direito o que a namorada sentia. Ela, então, soltou a bomba:

– Você tem que decidir. Assim eu não aguento mais. Para podermos noivar você tem que parar de jogar futebol.

O rapaz a olhou calmamente. Levantou-se sem dizer palavra. Foi em direção à cozinha e despediu-se da sogra, recém-promovida ao posto de ex-sogra, e foi pegar o caminhão. A moça ainda tentou voltar atrás, mas ele percebeu que sua vida seria um inferno ao lado dela. Fim de caso.

A segunda namorada era de uma cidade vizinha, um pouco maior. Para ela esclareceu desde a primeira conversa que o futebol era sua grande paixão. A moça entendeu e concordou. Afinal, estava nos primeiros dias de namoro e ainda não tinha sofrido as ausências do namorado em função da outra, a bola. Por sua vez, o rapaz tentou incutir nela o gosto pelas batalhas futebolísticas à beira dos gramados de várzeas e brejos da região. Convidou-a para assistir a uma partida. Com os treinos até o anoitecer, chegara à titularidade do segundo time e, quando faltavam muitos atletas, ainda ficava na reserva do primeiro time. Não iria fazer vergonha.

Ao aceitar o convite, a moça acreditou ser o namorado um craque, considerando as narrativas que este fazia de jogos passados. O jogo começou tenso, com os times estudando-se mutuamente. O rapaz, para fazer uma graça à namorada que, empolgada, gritava seu nome à beira do campo, parou a bola esperando o adversário se aproximar. Arrancou um facho de grama e jogou em cima da bola a título de provocação. Ao tentar o drible, contudo, perdeu a bola. Não fosse a cobertura do zagueiro teriam tomado um gol por causa da gracinha. Ele ouviu xingamentos dos colegas, para espanto da namorada, que aplaudira a jogada.

No meio do segundo tempo, o placar seguia no zero quando uma bola foi alçada na área que o rapaz defendia. Ao tentar o cabeceio que afastaria o perigo, de olhos fechados, a bola pegou na parte da trás da cabeça, entrando no ângulo. Um golaço! Contra. A namorada explodiu de alegria, vibrando com o feito. Ao ver a comemoração não entendeu nada. Seu namorado estava apanhando dos colegas e ela soltou, então, impropérios:

– Este pessoal da roça é muito bruto! Como podem bater no autor do gol? Ei! Morram de inveja, seus brucutus!

Um velho que assistia à partida ali perto avisou-a que o gol tinha sido contra, o que a fez cessar com as manifestações.

No finzinho do jogo o rapaz avançou com a bola dominada, em raro lance de apoio ao ataque, adentrou a área e o zagueiro adversário chutou a bola, ele e tudo mais. Ouviu o apito indicando pênalti e levantou de imediato, ignorando o ovo roxo na canela, pedindo para ser o batedor. Iria se redimir do gol contra, faria bonito para namorada.

Nem foi preciso que os colegas de time negassem seu pedido. A bola, única no jogo, chutada pelo zagueiro junto com o rapaz, rolou para perto do velho. Este, com os pés descalços, foi chutar de volta. Deu um bico. Sua unha, de meses sem cortar, achou as costuras frágeis da velha bola e todo o dedão do pé foi parar dentro dela, que murchou na hora. Sem a bola, o pênalti não pôde ser batido e a partida foi encerrada. O rapaz ficou com a fama de artilheiro do gol contra. O time teve que fazer uma vaquinha para comprar uma bola nova e pagar alguém para cortar a unha de seu fiel torcedor. A canivete!

Educando abelhas

Vizinhos são vizinhos em qualquer lugar, seja na cidade, seja no campo. Quase sempre há desentendimentos. Em apartamentos a briga é com a vizinha de cima que só anda de salto e com o vizinho de baixo que reclama do barulho que você faz. Mas também, quase sempre, são pessoas com quem podemos contar. No campo, não se reclama de barulho, mas de uma rês que invade o pasto do outro, o porco que destrói parte da plantação do primeiro, e por aí vai.

De uma feita, um sitiante estava furioso com o vizinho, que decidira criar abelhas. Trouxe uma espécie muito brava, as chamadas abelhas-africanas. Por que a fúria? Fácil de entender. O sitiante tirava leite e a ração que oferecia ao gado continha cana, que era picada junto com capim. O gado adorava. As abelhas do vizinho também. Vinham pelo néctar da cana picada. Ao se aproximarem dos cochos, ferroavam o focinho das vacas. Estas não comiam, emagreciam, caía a produção de leite, ou seja, prejuízo. O sitiante tentava, em vão, afugentar as visitantes indesejadas com irritação. E era com essa irritação que fazia as coisas.

– *Disgachadas* – praguejava contra as abelhas.

Quando sua paciência estava no limite, chegou para tirar o leite com um de seus filhos, o mais arteiro, que o ajudava amarrando vacas:

– Ô *disgachado*, pega o balde depressa! Para de pensar em passarinho!

De fato, o garoto era louco por passarinhos. Enquanto o pai tirava o leite, ficava por perto consertando gaiolas, alçapões, entre outros apetrechos. Naquele dia em particular, faltava apenas uma vaca para terminar a ordenha e, como se estivesse antecipando o fim das tarefas, colocou atenção demasiada no alçapão que consertava. O pai pediu-lhe o balde.

– Depressa! – gritou irritadiço.

Veio o menino, avoado, pensando nos canários, e entregou ao pai o alçapão. O pai, absorto pelo problema das abelhas, colocou o alçapão entre as pernas e iniciou a ordenha. Sentiu pingos baterem-lhe nas calças, o que o fez colocar atenção no que fazia. Explodiu.

– *Disgachado!*

O menino, ao perceber que o pai descontaria nele toda a fúria com as abelhas, esgueirou-se entre os cochos, passou por cima de bezerros e caiu no mato. Lá ficaria até o pai esquecer o episódio. O sitiante ficou furioso. Pegou o alicate e começou a "caçar" as abelhas tentando esmagá-las com a ponta do alicate. Era uma cena tragicômica. Viu uma muito grande. Pegou um pedaço de pano, jogou por cima e capturou a malvada. Com muito jeito, pegou-a pelas asas e fitou-a como se a interrogasse. Gritou para a esposa que estava em casa, cuidando dos afazeres domésticos:

– Ô mulher! Ô mulher! Traz uma *aguia* aí!

Veio a esposa com a agulha, em seu típico passo lento.

– *Disgachada,* para ir na rua não tem vagareza.

Quando esposa entregou-lhe a agulha, aproximou-a de um dos olhos da abelha e furou-o.

– Agora, sua *disgachada, cê* vai e fala pras *otras* que aqui tão furando os *ói* de abelha enxerida.

José e as folias de Reis

José herdou de seus pais, que por sua vez herdaram dos avós de José, o costume de receber folia de Reis. Essa é uma tradição lusitana em que um grupo de pessoas peregrina na época de Natal anunciando o menino Jesus até o dia dos Santos Reis. O mestre de folia tem um compromisso religioso com a atividade. Os foliões chegam, por vezes no meio da madrugada, com instrumentos como pandeiros, caixas e sanfona, cantando em coro a parte do Evangelho que narra o nascimento de Jesus. Deve-se seguir rigidamente todo um ritual. Há a hora certa de abrir a porta, por exemplo, para receber a bandeira com a imagem do menino Jesus e do santo padroeiro da folia, coberta com panos e rendas. O grupo chega à casa do anfitrião em silêncio e após um longo apito do mestre da folia inicia as canções em coral. Mesmo que tenham marcado horário de chegada, mesmo que jurem chegar cedo, o atraso é parte da cultura.

No momento certo, o anfitrião abre a porta, o grupo entra na casa onde se prepara um pequeno altar improvisado para a bandeira, com vela e imagens de santos que o anfitrião tenha. A bandeira é passada em todos os cômodos da casa a título de benzimento. Findadas as rezas e canções, uma parte esperada do ritual pelas crianças da casa, embora com certo medo, é a brincadeira do palhaço. Trata-se de uma personagem de máscara, feita com pele de animais, com roupas muito coloridas, que apresenta danças, faz versos e repentes. Esta figura representa o profano e o mal dentro da tradição. Depois da brincadeira do palhaço, um bom anfitrião oferece um lanche, quase sempre regado a garrafões de vinho e cachaça. Enfim, cantam as despedidas e vão para outra casa. Com essa dinâmica não é difícil imaginar o estado dos foliões (assim são conhecidos os que integram o grupo) ao chegarem à última casa da noite. Alguns sequer chegam – amanhecem o dia dormindo pelas beiras de estrada. As visitas são, via de regra, agendadas. Porém, em casas onde o anfitrião é sempre muito receptivo, os mestres deixam de lado as formalidades, descartando a etapa do agendamento e chegando de surpresa. Na casa de José acontecia muito isso.

Uma vez, num sábado de dezembro, José chega em casa na hora do almoço e avisa a esposa que receberiam uma folia naquela noite. A esposa arregala os olhos, espantada. Afinal, não estava preparada.

– Mas, José, o que farei para o lanche dos foliões?

– Querida, não se preocupe. Faremos pastéis. E nem vai precisar esticar a massa com litro de cachaça. Veja, achei na venda este rolo.

Disse isso sacando da grande bolsa um rolo de madeira muito pesado, que entregou à esposa. Esta assentiu com a cabeça, com um sorriso amarelo em agradecimento ao presente de grego. Percorreu-lhe uma onda de desânimo. Justo hoje que estava tão cansada, pensara em dormir cedo. Nem veria a novela. Agora, ficaria madrugada afora fazendo pastéis.

– Mas a que horas eles virão? Santo Deus, mais uma noite em claro!

– Não, querida, pedi que viessem cedo, por volta das onze da noite.

– Até parece...

Na bolsa de onde tirara o rolo, além do trigo para a massa, tilintavam latas de sardinha para o recheio do pastel. As batatas, José colheria na horta. Foi à geladeira e conseguiu espaço para o garrafão de vinho que também trouxera.

Prático, pensou ele, orgulhoso de si.

À noite, as crianças dividiam-se entre o grupo das excitadas com a vinda da folia e o grupo das temerosas com o palhaço. Bem perto da hora marcada, ouve-se o apito. José suspirou aliviado, pois se os foliões atrasassem como de costume ouviria muito da esposa. É dela a parte mais dura de receber o festejo: ficar durante a madrugada na cozinha. Esperou a senha para abrir a porta. Abriu-a e gelou. Atônito, pegou a bandeira para levá-la aos cômodos e quando passou perto da esposa – que para adiantar já tinha fritado uma boa leva de pastéis – sussurrou em seu ouvido:

– Esta folia é outra. Não é a que marcou comigo.

Novo arregalar de olhos da esposa. Estaria perdida naquela noite. Fizeram todos os ritos, o palhaço brincou, comeram o lanche – limparam a bacia de pastéis, derrubaram meio garrafão de vinho e desceram um bom tanto da garrafa de cachaça, que José sempre tinha na despensa. Fizeram a despedida e se foram. Diferente do habitual, quando a partida da folia trazia o regozijo da tradição mantida e o prazer de se poder dormir, o casal andou apressado, de um lado para outro, preparando a acolhida da folia agendada. Chispavam com as crianças, que pareciam escolher ficar no caminho. A esposa abriu as últimas latas de sardinha para o recheio e fez mais um tanto de pastel. José conferiu o meio garrafão de vinho, conferiu a despensa, mas realmente só havia uma garrafa de cachaça abaixo do meio.

Por volta de uma e meia da manhã, novo apito. Até que não demoraram muito, pensou a esposa. As crianças vêm para a sala novamente. Espera-se a senha. José abre a porta e novo desespero: ainda não era a folia agendada. Faz os ritos, leva a bandeira nos cômodos e, apenas olhando para esposa em um balançar de cabeça desanimado, a faz entender que aquela era outra folia surpresa. Talvez o mestre de folia tenha percebido a tensão no rosto dos anfitriões, pois encurtou ritos, limitou a poucos versos a brincadeira do palhaço. Os foliões só não maneiraram no lanche: limparam a bacia de pastéis, derrubaram o meio garrafão de vinho e só deixaram um tantinho de cachaça na garrafa. Partiram por volta das três da manhã. José, exausto, decretou:

– É, a folia que marcou não vem mais. Vamos dormir.

A esposa concordou. De fato, não era raro as folias marcarem e não aparecerem. As crianças já estavam dormindo espalhadas pela casa. Iriam, enfim, descansar. Um sono pesado logo os acometeu. Antes que pudessem sonhar, porém, um longo silvo de apito os despertou. A batida abafada da caixa e o tocar desencontrado da sanfona os trouxeram de volta para aquele universo que parecia os aprisionar. Foi um corre-corre desbaratado, com direito a cabeçadas e tudo. José, vestido apenas de cuecas com elásticos frouxos, andava de um lado para outro, esfregando o cabelo fino e desgrenhado e repetindo "Ai, meu Deus!". A esposa, com os olhos mais que arregalados, só choramingava.

– O que vamos fazer? A sardinha acabou, o vinho acabou, não temos nada...

José, vencendo a histeria inicial, pede que a esposa se acalme. Pergunta o que há na despensa. Não muito que fazer. Apenas trigo.

– Faremos cavaca! Para beber: café!

– Ficou louco?

– Tem ideia melhor?

Não tendo, toca a esposa para a cozinha esticar massa de pastel para fazer cavaca (tiras de massa de pastel frita passadas no açúcar com canela) e colocar um panelão de água para ferver para fazer café. José, já vestido, abre a porta curioso, tentando adivinhar que folia seria aquela. Seria a terceira a chegar sem avisar? Para sua surpresa, era, enfim, a folia que havia agendado a visita, muito, mas muito atrasada. Fizeram os ritos, a reza, a brincadeira do palhaço, lanche (quase um café da manhã). Lá pelas quatro e meia da manhã foram dormir. O canto do galo quase foi confundido com o apito de folia, mas como as caixas e a sanfona não seguiram o cacarejar viram que poderiam dormir um pouco mais.

Cadê o santo?

As histórias de folias são muitas. Uma delas se passou em um dia de Natal, no final da tarde, por volta das 17 horas. Foi a primeira vez que tive notícias de folias chegando à tarde e no dia de Natal na casa de José. Foi o corre-corre habitual. Improvisou-se o pequeno altar na sala, deslocaram-se móveis. As janelas e portas foram fechadas para o ritual ser feito nos conformes. Embora tenha sido talvez a chegada mais inesperada de uma folia à casa de José, com certeza foi a que menos preocupou sua esposa. No dia de Natal, àquela hora, havia muita comida, muita coisa a oferecer. O melhor é que não precisaria correr para fazer nada. Também não estavam sós. Irmãos, sobrinhos, primos e amigos estavam na casa devido ao Natal.

É de se esperar, também, que àquela altura José já houvesse perdido o rumo da estrela do oriente depois de tanto vinho. Emocionou-se lembrando o pai e o quanto este gostava de receber folias. Ficou feliz em ter muita gente da família para partilhar aquele que seria um momento de nostalgia saudosa.

O filho de José acompanhava o pai e viu nele muita comoção. No momento em que José abriu a porta, o rapaz viu o pai receber a bandeira extremamente emocionado. Emocionou-se também. Talvez naquele momento tenha compreendido o real significado da tradição em receber folias, que o pai fazia questão de manter.

José saiu para passar a bandeira nos cômodos da casa. O filho ficou na sala, cabeça baixa, pensando na singela beleza do que vira. De repente ouviu o pai acenar-lhe do fundo do corredor, de onde os foliões não poderiam vê-lo. Chamava o filho de forma irritada e visivelmente furioso. Quando este se aproximou, agarrou-lhe o colarinho da camisa e ameaçou, funesto, em sussurros irritados:

– Eu vou matar estes desgraçados! Um por um!

O filho, atônito, não entendia a fúria do pai.

– Isto não se faz, eu vou matar!

– O que houve, pai? Por que está tão bravo?

José largou o colarinho do filho e começou a rasgar os panos e rendas da bandeira.

– Por quê? Você quer saber por quê? Olha só a bandeira. Não tem santo! Cadê o santo?

– Mas, pai, você está olhando a parte de trás!

Como que surpreendido, José virou a bandeira e viu a sagrada família e São Sebastião, patrono da folia.

– *Vixe*! É verdade! Está aqui.

Voltaram para a sala. A bandeira foi colocada no altar improvisado e os ritos seguiram. O filho ficou com a camisa amassada e rindo por dentro do ocorrido. Quase se sucede uma desgraça se José chega à sala antes de o filho esclarecer a mancada.

Entre os visitantes estavam o irmão mais novo de José, como em todos os anos, e um primo do Rio de Janeiro, que passava o Natal pela primeira vez na casa de José. O caçula trazia uma novidade: um rádio gravador e várias fitas virgens. Assim que soube da chegada da folia pôs-se a gravar tudo. Pouco antes que os foliões chegassem, porém, o primo do Rio de Janeiro, que não conhecia folias, foi para o banheiro tentar resolver a prisão de ventre em que se encontrava. Havia comido muito, porém há dois dias nada saía. Estava compenetrado quando depois de longo apito a bateria da folia bateu firme. O susto do primo foi tão grande que saiu tudo que estava preso, deixando-o em misto de terror e alívio. Saiu logo para ver do que se tratava e ampliou suas fronteiras culturais, já aliviado.

Naquele dia, todos foram dormir mais cedo. O irmão caçula de José, não. Rebobinou a fita gravada e levou o rádio gravador para a janela do casal, ligando-o a todo volume.

Novo princípio de corre-corre. José esperava a hora de abrir a porta. A esposa encaminhou-se para a cozinha para separar mais uns pedaços de carne, admirando-se com o fato de a folia tocar mais baixo.

– Puxa, mais uma folia – comentou o irmão caçula.

– É bom, é bom – respondeu José, cambaleando. Quando abriu a porta: – Ué, cadê a folia?

Pôs a cabeça para fora e viu o gravador.

– Ô mano, foi brincadeira. Desculpa, não tem outra folia – desculpou-se o caçula.

– Melhor ainda – respondeu José.

A esposa, furiosa por ter levantado, só não ficou mais irritada pois já estava tudo pronto. Ai do cunhado se tivesse que fazer cavaca naquele dia por causa do gravador.

O aprendiz

A melhor escola é a escola da vida. Nas pequenas cidades a faculdade, o curso técnico, o aprendizado para a profissão é integralmente prático. Um exemplo muito rico é a profissão de pedreiro. Os rapazes começam como ajudantes, verdadeiros ordenanças. O primeiro aprendizado é a especialização em fazer mandados. Garotos de recado. Passam a aprender as coisas mais simples: fazer concreto, virar a massa, vão sendo apresentados às medidas, às bitolas, ao ponto certo da massa.

– Nem mole, nem dura. No ponto! – reclamam os experientes professores.

Se conseguirem acertar o ponto da massa, são alçados ao cargo de serventes de pedreiro. A remuneração é reajustada. Há um verdadeiro plano de carreira com certa equidade entre os diferentes mestres de obras, os professores. Depois, aprendem a assentar tijolos, a pintar paredes – a começar pelo rodapé. O reboco requer muita prática até que o resultado seja uma parede bem regular, sem acidentes. Então, vem a parte hidráulica e elétrica. Sim, os pedreiros são também bombeiros e eletricistas. E dos bons! Trabalhar com madeira, fazer telhados, é um ofício muito valorizado. Contudo, a arte de assentar azulejos e pisos é a mais difícil. É como se fosse a defesa da monografia. Após ser aprovado nesse quesito, o servente vira pedreiro. Chega ao topo da carreira se continuar trabalhando com o mestre. Porém, quase sempre, por demanda ou desavença, o aprendiz vira mestre de obras, monta uma nova equipe, melhor dizendo, monta uma nova "turma", como se diz. Passará, ele, a formar os aprendizes. Será o professor, o titular da cátedra de pedreiro, mas carregará para sempre a marca da escola em que se formou. O antigo mestre sempre lhe transferirá credibilidade.

– Este foi aprendiz do Seu Chico, pode confiar! – dirão aqueles que gostam dos serviços do Seu Chico. Os que não gostam, evitarão o aprendiz.

Nessa perspectiva de formação do bacharel em construção civil (de casas a currais de boi) é natural que haja com os iniciantes algum tipo de trote. Sempre os mandam coar cimento, deslocar pilhas de pedra sem necessidade, entre muitas outras peças.

– É para ganhar calos.

Uma dessas brincadeiras com um iniciante envolveu praticamente todas as "turmas" da vila.

Sem combinar com os colegas, o mestre de obras, Seu Chico, manda o aprendiz à obra do compadre Jorge pegar o martelinho de desempenar vidro e a bombinha de desentupir fio.

O aprendiz, em seu primeiro dia, querendo mostrar presteza e eficiência, sem titubear, pega a bicicleta e sai em disparada, cruza a vila e chega à obra que Seu Jorge tocava, entrando alvoroçado no barracão.

– Seu Jorge! Seu Jorge! Seu Chico mandou buscar o martelinho de desempenar vidro e a bombinha de desentupir fio.

Seu Jorge, que fora escolhido a dedo por Seu Chico para o embuste, pensa muito sério, repetindo, como se tentasse lembrar:

– Martelinho de desempenar vidro...

Não crê que o rapaz não se dá conta do engodo. Continua pensando alto enquanto vê aumentar a expectativa do garoto. Decide continuar com a brincadeira.

– Bombinha de desentupir fio... Ah, rapaz! Emprestei para o Antenor. Está lá na Vargem Alta.

O rapaz nem espera Seu Jorge concluir. Sabia onde era o sítio de Seu Antenor e sai correndo com a bicicleta.

Ao chegar à casa de Seu Antenor pergunta pelas ferramentas. O velho sitiante não se aguenta e ameaça rir. O aprendiz permanece sério, sem entender o motivo da graça. Estava aflito para cumprir a ordem de mestre Chico. Seu Antenor entra no espírito da coisa.

– Menino, você me desculpe, eu estou rindo de nervoso. Vejo você aflito e precisado dessas peças e acabei de deixar a bombinha e o martelinho com compadre Nono, lá na Palmeira.

O aprendiz suspira e sai contrariado. A Palmeira ficava muito longe. Teria que pedir permissão ao patrão para ir. Ele já devia estar bravo pela demora. Volta então ao local de trabalho e explica ao patrão o insucesso na missiva. Chega cabisbaixo tentando explicar o ocorrido e o porquê da demora. Vê Seu Chico e toda a turma cair na gargalhada.

Quando lhe explicaram o trote ficou furioso e envergonhado. Seu Chico soube naquele dia que o novo aprendiz seria jubilado no curso de Bacharel em Construção Civil da Universidade da Vida. Tinha razão. No fim da primeira semana, depois de pacientemente tentar ensinar-lhe os mais simples procedimentos, acertou com o rapaz os dias trabalhados e o dispensou.

O picolé de fogo

Um empreendedor nato. Trabalhou em vários ramos, produzindo diversos artigos. Produzia para vender. Comércio era seu forte. Teve muitas vendas. Umas três na vila, em fazendas e localidades menores. Pode-se dizer que sua veia produtiva aflorou quando trabalhou na fábrica de guaraná da vila. Era aprendiz de Seu Nilto, o mestre guaranazeiro. Ao misturar o xarope na água cristalina da nascente, Seu Nilto provava, estalava os lábios e sentenciava

– Falta um pouco para melhor! Coloque mais meia medida de xarope, meu rapaz.

O jovem empreendedor colocava mais xarope e, de tão doce, tinha que espantar as abelhas que vinham da mata ali perto. Fabricar o próprio produto melhorava os lucros. Era preciso produzir. Por isso, quando virou comerciante sempre inventava produtos para vender: fez pão, doces, macarrão e iniciou a produção de picolés na vila. Todos diziam que seu picolé era muito bom.

Uma vez montou uma granja no sítio do pai. Vendia frango para abate, ovos, pintinhos para criar – enfim, tudo que envolvia o ramo granjeiro. Comprou algumas caixas apropriadas para o serviço que vinham com a inscrição "Aves e Ovos". Achou bonito e adotou o nome para a granja. Afinal, não perderia a oportunidade de dar uma grife à empresa, aproveitando o nome genérico nas caixas. "Aves e Ovos". Ficou bonito. O negócio, contudo, não progrediu muito. Tudo uma carestia: ração, mão de obra, mesmo contando com os irmãos caçulas para ajudar.

Vendeu a granja para um parente, as caixas personalizadas, as matrizes que tinha, o resto de ração – enfim, tudo que restara. Deixou uns franguinhos para comer aos domingos. Os irmãos ajudavam alegremente levando as caixas para a carroça de boi que levaria a granja para o sítio do parente. Quem acompanhava o carregamento era o pai, já idoso. Vendo os meninos carregarem as caixas displicentemente, o velho teve um acesso de irritação:

– Ô seus *disgachados*, bota atenção no serviço. Carrega com jeito. *Cês* num *tão* na escola? *Oia* só, num sabe lê? *Avez é ovos!*

Os meninos se assustaram com a braveza do pai, mas de fato não atentaram para o conteúdo das caixas e que, talvez, pudesse haver ovos lá dentro.

Sem a granja, nosso empreendedor precisava de um novo empreendimento. Montar as coisas em que já trabalhara na vila não o animava a repetir ali. Pouca gente. Pouco dinheiro circulando. Pensou grande e decidiu fazer picolé em uma cidade maior perto do litoral. Escolheu uma próxima ao litoral, mas não à beira do mar. Todo o capital arrecadado com a venda da granja foi investido na compra do maquinário. Ainda faltou um bocado, que foi inteirado com a venda de umas poucas rezes que tinha. O irmão do meio recomendou o bairro de uns parentes que moravam nessa cidade. Era fácil chegar. Depois da usina entrava-se à direita em uma rua reta e comprida. Era só ir olhando para as ruas transversais e perguntar pela rua da mangueira. Os parentes moravam onde havia uma mangueira bem no meio da rua.

Partiu para a cidade com os ânimos renovados e cheios de esperança, levando a nova esposa e o cunhado. Não foi para o bairro dos parentes. Montou a fábrica em bairro residencial, mais populoso. Gente é que chupa picolé, pensava ele. Ademais, com as primeiras vendas, mandaria fazer um carrinho para o cunhado vender no centro durante a semana. Difícil seria fazer o cunhado perder a timidez e, sobretudo, se acostumar às coisas da cidade. Ao visitar os parentes (tinha que ir senão o tomariam por deseducado), a menininha da casa colocou um cachorrinho de pilha, que emitia um som parecido com latido, para andar na direção do rapaz, um homenzarrão. O moço saiu correndo fugindo do brinquedo. O empreendedor mordeu os lábios e viu que a equipe precisava de reciclagem e que a empreitada seria mais dura do que supusera. O verão, que prometia muito calor, foi um dos mais chuvosos da história local. Chovia todo dia e, quando o sol dava o ar da graça, raramente vendia um picolé. As coisas iam mal.

Passa o tempo e a família na vila não recebe notícias do desbravador de mercados. Os caçulas brincam dizendo que o mano devia estar sem tempo de escrever de tanto vender picolé e fazer dinheiro. O irmão do meio ficou preocupado e quis se certificar de que tudo estava bem. Arranjou uma desculpa e foi à cidade visitar o empreendedor. Não tinha o endereço do irmão. Só dos parentes da rua da mangueira. Chegando à cidade foi um custo achar a casa dos parentes. Há muito haviam cortado a mangueira e calçado a rua. Ninguém se lembrava da árvore. Ao menos ninguém que encontrou por lá. Na verdade, o irmão do meio foi encontrado pelo parente quando este foi à padaria comprar leite. Pegou as coordenadas da fábrica de picolé e foi ao encontro do mano.

Chegando à fábrica, encontrou-o sentado em um banquinho, segurando o queixo com a mão. Cabeça baixa, suspirando desanimado. Quis fazer festa e motivá-lo.

– E aí, mano, como que vai?

Sem querer dar-se por vencido, falou desanimado:

– É, tá indo, mais ou menos...

– Que mais ou menos, rapaz! Cadê aquele picolé gostoso que só você sabe fazer? Deve ser um sucesso aqui.

– Sucesso? Para vender picolé aqui só se eu aprender a fazer barrinha de fogo. Só chove e faz frio nesta desgraça de lugar!

O irmão do meio não sabia se ria ou se chorava com o acesso de raiva que presenciou. Combinaram que ele voltaria no final de semana seguinte com o caminhão do Costa para levar a mudança. Assim foi feito. Chegou com o caminhão e as coisas começaram a ser carregadas naquele que foi o dia mais quente de toda a temporada.

Quando a mudança estava quase pronta, apareceu um garoto com uma moeda na mão.

– Moço, eu queria um picolé – falou para o empreendedor.

– O quê? Você quer picolé? Eu fiquei aqui quatro meses e não apareceu ninguém. Agora você vem? Some daqui e vai comprar picolé no quinto dos infernos!

O menino saiu correndo sem entender o motivo dos impropérios.

A viagem correu tranquila. Quando chegaram, já sabia o que faria. Um novo empreendimento. Colocaria uma venda em uma fazenda perto da serra que começava a aglomerar umas casinhas. Seria uma nova vila, quiçá tornar-se-ia maior que a deles. Seria difícil no começo, mas era um lugar prazeroso de se ir. São assim os empreendedores, por vezes visionários. O tempo no interior, porém, passa mais lento que o cronograma das estratégias arrojadas. Havia de ter paciência. Isso ele não tinha. Em pouco tempo passou a venda adiante.

Inscrição na biblioteca

Aquele deve ter sido o único dia em que sua mãe não teve que chamá-lo para tomar banho na hora de ir para a escola. Normalmente ele ficava brincando no terreiro, vivendo suas aventuras imaginadas, falando baixo para não despertar a atenção do tio, que achava o cúmulo ele viver falando sozinho com uma capa de pano velho no pescoço ou com varinhas na mão imitando espadas. Ele era o único menino e o mais velho entre a irmã e as primas. Iam todos juntos, caminhando do sítio onde moravam para a vila onde ficava a escola, o campo de futebol, a praça e a biblioteca. Todas aos cuidados dele. A irmã e as primas se aprontavam e ficavam esperando que ele se arrumasse para saírem. Era sempre o último a ficar pronto. Não naquele dia. Mal acordou, perguntou para a mãe a que horas deveria sair.

– No mesmo horário! – disse ela, já cansada de responder a mesma coisa várias vezes no dia anterior. – Para fazer a carteirinha da biblioteca é só deixar os documentos e pegar no dia seguinte.

Era isso. Ele iria fazer a carteirinha da biblioteca naquele dia. Conferiu os documentos dezenas de vezes: certidão de nascimento e uma foto 3x4. Já tinha superado o sorriso banguela e o cabelo desgrenhado da foto. Era a única que tinha e precisava fazer a carteirinha. Todos os dias passava em frente à biblioteca municipal, que ficava perto da escola. Depois que aprendera a ler no ano anterior, logo no primeiro dia de aula, a nova professora disse que era necessário fazer a inscrição na biblioteca, pois ela passaria como tarefa a leitura de um livrinho ainda aquele ano. Ele havia se deslumbrado com a escola. Encantou-se com a matemática da formação das sílabas – bê-á, bá; bê-é, bé – e, em nova combinação, as sílabas formando as palavras: babá, caco, dedo, faca, gado, e assim aprendia a matemática das palavras. Agora, algo novo. Um livro. Iria ler um livro! Isso despertou nele algo diferente. Mexia com o seu coração infantil. Achou a tarefa grandiosa. Coisa de gente grande... Ler um livro. Antes, porém, precisava da inscrição na biblioteca. Precisava pegar a carteirinha. O passaporte para o mundo das palavras. Perturbou a mãe para juntar os documentos requeridos. Naquele dia iria entrar para o *hall* das pessoas que tinham a carteirinha de biblioteca.

Daí o estado de ansiedade em que se encontrava naquela manhã. O tempo, que costumava ser curto para viver suas aventuras, naquele dia demorava a passar. A imaginação não fluía para nenhuma brincadeira. Imaginava, sim, o diálogo com a bibliotecária.

– Boa tarde, Dona Gertrudes. Eu vim fazer a carteirinha.

– Olá, rapazinho, bem-vindo. Agora você pode pegar quantos livros quiser.

Repassava o diálogo. Temia que houvesse algum impedimento, que a fala de Dona Gertrudes fosse outra e que não pudesse se inscrever. A mãe lhe dizia que era só entregar os documentos, mas ele não acreditava. Um ato tão solene não haveria de ser tão simples. Deveria ser algo mais formal. Afinal, havia uma máquina de escrever na biblioteca! E nessa agonia tentava apressar o tempo. Quando perguntou novamente à mãe se já era hora do banho, a mãe, já sem aguentar a insistência, consentiu com um gesto vencido. Ele correu para o banheiro, tomou o banho depressa, vestiu o uniforme, penteou o cabelo sozinho, pegou a mochila, os documentos da inscrição depois de conferi-los uma vez mais e partiu para a vila. Foi num caminhar apressado, quase uma marcha olímpica. Sua concentração na missão era tão grande que não sentiu medo de topar com cobras na estrada, como em geral acontecia. Ia repassando o diálogo com Dona Gertrudes. Quando deu por si, estava na porta da biblioteca.

Dono Gertrudes o olhou com a certidão de nascimento e retrato na mão e não lhe deu a chance de dizer a frase ensaiada durante toda a manhã:

– Olá, rapazinho. Já sei, quer fazer a inscrição, não é? Deixe comigo os documentos e pode passar amanhã neste mesmo horário para pegá-la.

Ele apenas balançou a cabeça concordando, deixou os papéis e saiu. Ainda faltava muito para a hora da entrada. Foi para o ponto da praça em frente à escola onde sempre esperava a sineta tocar. Estava um pouco aéreo. Além de certo desapontamento com a informalidade do ato tão ansiosamente esperado, sentia falta de algo. Olhou à volta e um arrepio frio percorreu-lhe a espinha. O rosto corou, o coração acelerou. Onde estavam a irmã e as primas? Na pressa para fazer a inscrição na biblioteca esqueceu-se das pequenas, veio sozinho e as deixou para trás. Não pensou duas vezes. Saiu correndo para buscá-las, agora, sim, pensando nas cobras que elas poderiam encontrar pelo caminho. Desesperou-se. Sentia-se culpado. Foi encontrar-se com elas já na chegada da vila. Sorriu aliviado por elas estarem bem, porém as meninas o olharam com cara feia e nada disseram. Combinaram entre si que ficariam "de mal" com ele para sempre. Como pudera esquecê-las? Foram para a escola. No fim da aula ele as esperou, desculpou-se e passou a viagem de volta inteira tentando fazer as pazes, que só foi possível no dia seguinte, quando foram brincar. A mãe deu-lhe uma bronca muito grande, mas também se riu por dentro constatando que o filho era mesmo muito avoado. No dia seguinte, apesar da ansiedade para pegar a carteirinha, ficou atento, esperando as meninas para que não fossem novamente sozinhas. Jamais as esqueceu novamente. Depois de alguns anos, elas ficaram moças e não queriam mais que ele as acompanhasse, mas ele não as deixava.

Enfim, ele pegou a carteirinha. Era o leitor de número 112. Com o passaporte à mão ele poderia, enfim, ler um livro. Leu aquele que a professora passou como tarefa. Não o viu como tarefa. Deliciou-se. Viajou em muitos outros livros. Fazia sempre uma parada na biblioteca antes da aula.

Pelo visto, uma biblioteca será sempre um lugar onde ele se sentirá bem. Sempre dará a ele a sensação de algo grandioso... Ler um livro. Sempre mexerá com seu coração infantil.

O dono da venda

O dono da venda era muito brincalhão e vivia pregando peças nos fregueses. Não perdia a oportunidade de fazer uma piada. Perdia amigos, mas não perdia fregueses: sua venda era a única em determinados artigos, não devia nada a qualquer venda de secos e molhados de qualquer turco da literatura brasileira (fosse ele libanês, sírio, armênio ou de qualquer outro lugar, não importava, pois todos dizem ser, mesmo, turcos). Na venda tinha de tudo e todos da vila acabavam indo lá comprar alguma coisa em algum momento. Os que iam menos eram os mais visados para os engôdos. Os fregueses mais assíduos acabavam sendo os expectadores. Se bobeassem, contudo, piadas deles também eram feitas. O grande balcão dava para a rua, colocando o dono da venda em posição privilegiada para observação do malfeito. Nada passava despercebido pelo olhar felino do comerciante. Era um olho no balconista e outro nos fregueses e transeuntes.

Em uma festa da padroeira, para se livrar de um conhecido que achava muito enjoado, o comerciante prontificou-se a preparar ele mesmo o cachorro-quente pedido pelo freguês. Foi à cozinha e pegou generosamente, com uma faca de mesa, no pote de pimenta malagueta um bom tanto da conserva, passando no pão como se fosse geleia. Só depois colocou o molho de salsicha. Levou para o cliente junto com o que sobrara no pote de pimenta e ofereceu ao incauto:

– Toma, compadre, sei que gosta de uma pimentinha.

O outro gostava mesmo e foi logo pingando umas gotas generosas, só parando quando veio o aviso:

– Cuidado que é das brabas!

O freguês assentiu agradecido e mordeu com vontade. Quase teve um troço. Ficou tão vermelho quanto a pimenta dada, a ardência lhe queimou a boca e as tripas. Outro pedaço e ele não aguentou, começou a tossir, pediu água e jogou longe o cachorro mais que quente. Saiu achando que o negociante tinha a pimenta mais braba que já provara, levando o dono da venda a rolar no chão de tanto rir do outro.

No último dia da festa, chega se despedindo um colega de infância. Estava com uma pequena bolsa e esperava o ônibus, cujo ponto era, seguramente, em frente à venda. O transporte o levaria à sede do município e, de lá, tomaria outro ônibus em direção à capital do estado. Em tendo o dono da venda (e todos os habitantes da vila) parentes residentes na capital, encontrou um jeito de brincar com um hábito corriqueiro do lugar: fazer encomendas. Quase sempre, ao ver alguém partindo para a sede do município e principalmente à capital, pediam-se obséquios de levar ou trazer alguma coisa. Inclusive, havia um morador que trabalhava na capital que ganhou o apelido de *Jaque*.

– *Já que* você vai lá, não poderia dar uma passadinha na casa de fulano...

O dono da venda levou as mãos à cabeça e disse em tom comovente, do jeito que só ele sabia simular:

– Rapaz, você caiu do céu. Estou aqui precisado de levar uma encomenda para tia Cotinha. Você a conhece, não é?

– Claro que sim – falou o outro, já meio desanimado, adivinhando o pedido de encomenda, pois Dona Cotinha morava do outro lado da cidade e iria ter que tomar até o trem para chegar lá.

– Pois é, ela me escreveu pedindo para mandar na primeira oportunidade uma beberagem para o fígado, para o estômago e para os rins. Ela *tá* precisada destes remédios, pois os de farmácia não resolveram seus problemas. O remédio para os rins atacou o estômago, já o do estômago atacou o fígado... Enfim, os problemas só aumentaram. Estou aqui aflito, pois não posso largar a venda nestes dias de festa e ela, *tadinha*, precisando das beberagens.

Diante da cara de preocupação do comerciante, o viajante não teve alternativa senão concordar em levar a encomenda.

Imaginou uns três vidrinhos de chá de ervas, que colocaria na pequena bolsa. E, afinal, seria bom visitar Dona Cotinha e fazer aquele ato humanitário, além de ver Mariângela, filha dela, que devia estar uma moça muito bonita. Ao aceitar a empreitada, o dono da venda saiu radiante para buscar a encomenda. Voltou um tempinho depois com uma caixa nem grande nem pequena, o suficiente para ser desajeitada para carregar, muito pesada. Deu uma balançadinha e ouviu-se tilintar de vidro. O viajante engoliu seco, enquanto ouvia as recomendações.

– Compadre, leva com jeito, pois são umas garrafas que não podem quebrar. Se tia Cotinha não tomar estas ervas, eu não sei, não... Fico muito agradecido.

– Pode deixar, eu levo, mas a caixa grande assim... Pode quebrar, é...

– Tem toda razão, compadre. Também acho melhor não colocar no bagageiro e levar no colo. Eu sabia que era a pessoa certa para esta missão!

Assim foi o homem levando a caixa com o tilintar de garrafas, embrulhada em jornal. Logo veio o ônibus que esperava e os trinta minutos da parte mais curta da viagem nunca demoraram tanto a passar, tamanha a preocupação do homem.

Ao chegar à rodoviária em que pegaria novo ônibus para a capital, deixou a caixa no banco para aliviar o peso e chocou-se com o estado de sua calça branca: imagens e letras do jornal que embrulhava a caixa ficaram impressas nela. Pensou que tinha perdido a calça que gostava tanto e havia lhe custado os olhos da cara. Tomou o ônibus para casa com a régia encomenda. Para tentar salvar a calça sacrificou uma camisa velha para ficar entre o colo e a caixa. A cada curva tilintavam as garrafas. O passageiro do assento vizinho se incomodava com o barulho e com as investidas contra si do homem e da caixa, proporcionada pela força centrífuga nas muitas curvas da estrada, principalmente as da serra. O estado robotizado do homem para segurar a caixa o tornava quase um bloco solto no banco de couro gasto do velho ônibus.

- Ô encomenda desajeitada, meu Deus - era tudo que pensava o homem!

Não foi com alívio que chegou à capital. Antes de descer na rodoviária, já sofria pensando em como faria para chegar à casa de Dona Cotinha. Teria que pegar um carro de praça até a estação, pegar o trem e depois andar um bom trecho. Tudo isso com a caixa e o tilintar das garrafas que o enlouquecia. Pensou em Mariângela para ganhar novo ânimo para a etapa final da jornada. Imaginou a boa impressão que daria ao contar a aventura da viagem, ao mostrar as notícias da região na calça branca. Haveriam de se compadecer dele e se ofereceriam para lavar-lhe as calças. E o convidariam para almoçar em domingo que Dona Cotinha se sentisse melhor e Mariângela poderia mostrar-se prendada.

Sonhando desse jeito, chegou ao endereço da conterrânea para se livrar da encomenda. Ouviu vozes na sala, percebeu movimento. Temeu. Estava prestes a entrar e o pior lhe passou pela cabeça por um segundo. O mau presságio foi espantado por uma gargalhada. Chamou a dona da casa com timidez. A própria abriu a porta com um copo de cerveja nas mãos.

– Ô menino, que surpresa boa!

A velha estava bem demais para precisar de beberagens...

– Estou vindo da terrinha, Dona Cotinha. Seu sobrinho lhe mandou o chá de ervas que pediu.

– Chá de ervas? Eu não pedi nada... Mas entra aqui, estamos comemorando...

A velha o arrastou para a sala enquanto falava. Ele ainda segurava a caixa no braço e viu, ao entrar, Mariângela, linda, com um almofadinha do lado.

– ... o noivado de Mariângela!

Ficou furioso ao perceber o engodo do dono da venda. Como não desconfiar?! Colocou a caixa no chão e a abriu, raivoso, para surpresa dos convidados de Dona Cotinha. A caixa tinha quatro garrafas de água, pedras e areia. Mariângela noiva! Quem mandou fazer as coisas com segundas intenções? - pensou consigo.

Mal podia esperar para retornar à terra natal para dizer umas poucas e boas ao comerciante, que iria rir-lhe na cara, abraçá-lo e, com um charme todo peculiar, convencê-lo de que fora uma brincadeira. Antes de chegar em casa já abrandara a revolta. O perdão veio depois que a calça branca voltou a ser branca depois do penar de sua lavadeira.

O candidato de primeira viagem

A política no interior é um tema quente. Não existe partido. Vota-se na pessoa. É certo que no cenário brasileiro isto é muito comum, inclusive para eleições nacionais. Nas cidades pequenas, contudo, o negócio é muito mais embaixo. Todos conhecem a todos. Não se trata de debater ideias ou ideologias. A paixão que a política desperta leva, devido à proximidade geográfica entre os adversários, a confronto quase que pessoal. Para entrar na política o cidadão tem que estar antenado não só em ideias, mecanismos, projetos, mas, sobretudo, nas pessoas e ter força para aguentar o tranco.

E foi assim que certo candidato entrou de cabeça na primeira campanha de sua vida. Tinha o dom principal para ser político naquelas paragens: pensava no próximo. Seu instinto era dividir. Por vezes não dividia, mas doava tudo que tinha. Possuía o dom do bem-querer. Conseguia passar tanta serenidade, tanta atenção ao outro que era impossível não gostar dele. Em última análise, era uma pessoa tímida. Bom, quando estava eticamente desinibido, transformava-se. Tinha voz de trovão. Uma força descomunal que impunha respeito. Ou medo. Quando se candidatou pela primeira vez para o posto de vereador pela vila foi uma novidade boa no lugar. Sua candidatura era fresca, leve, e encheu o povo simples do lugar de esperança, fazendo-o acreditar que um filho da terra, também simples, poderia chegar lá. Foi com afinco que lutou e venceu a primeira eleição que participou.

Da primeira campanha sobraram muito boas histórias, como as passagens ocorridas no primeiro grande evento em que participou. Foi um torneio de futebol na Fazenda São Lourenço. Um amigo do candidato organizou um time. O time, em um sábado, depois do expediente, construiu um campo em pedaço de várzea cedido pelo dono da fazenda para sediar as partidas. O time teria o nome da propriedade: São Lourenço Futebol Clube. O campo se localizava, seguramente, perto da venda que servia a fazenda. Era pequeno e irregular, contava com traves de madeira roliça e com casca, e a marcação das linhas que definiam a arena de jogo era feita com barro branco. Para inaugurar o campo, um torneio. Coube ao candidato arrumar o uniforme do novo time. Talvez uniforme seja um pouco forte para denominar o que o candidato conseguiu. O mais certo é jogo de camisas. Eram doze camisas de malha branca, golas e números pretos. O tamanho das camisas era M em sua maioria, e tais vestimentas foram usadas pelo time de gigantes da fazenda em sua estreia. Os modistas que os vissem diriam que os atletas do SLFC usavam *baby-look*. Muitas barrigas de fora, o peito estufava a esmirrada camisa, acentuando o físico esculpido pela lida diária nos afazeres do campo. Um patrão mais espertinho quereria descontar o preço de uma academia dos pequenos ordenados.

– Recebe salário e ainda ganha atividade física grátis!

Uma cena, realmente, digna de registro, de fotografia. Esta incumbência também foi dada ao candidato: arranjar uma máquina de retrato. Ele conseguiu uma emprestada e, friamente relatando o ocorrido, ele, de fato, *bateu* muitas fotos que jamais foram reveladas. Em sua defesa pode-se falar da pouca experiência no assunto. Não sabia que precisava colocar o tal do filme na máquina; conseguiu aprender apenas a apertar o botão que acionava a exposição da chapa e a pequena chave que ligava o *flash*. Aliás, foi isso que salvou o candidato da desconfiança geral. Times perfilados, máquina de retrato acionada, *flash* reluzente, cena registrada para a eternidade. Iniciou-se o torneio, e o candidato, entre um aperto de mão e outro, *batia* mais uma foto. Apenas o fazendeiro, por já possuir uma câmera, comentou:

– O candidato *tá* podendo, já tirou *pra* mais de cinquenta fotos e nem chegou a hora da premiação. O filme deve ser de cem poses... Arre! Nunca vi filme grande assim.

O torneio não poderia acabar sem uma refrega entre os jogadores, que se exaltavam com os adversários se recebiam uma entrada mais dura. A cobrança era veemente, peitando o colega. A posição de juiz é ingrata nessas horas. Quase sempre não se apita direito e, quase sempre, isso gera confusão. O zagueiro do SLFC, depois de protestar contra uma marcação do juiz e reclamar de forma acintosa, foi expulso. O grandalhão ficou com tanta raiva, ficou tão aturdido que não conseguia retirar a camisa apertada e passá-la para o reserva. Sem pestanejar, meteu as duas mãos na gola e rasgou a frente da camisa, tirando-a como se fosse um paletó. Nos jogos seguintes teve que jogar com esta mesma camisa, fechada por botões. Os ânimos foram apaziguados com a marcação de um pênalti que fez com que os donos da casa se sagrassem campeões. Caso contrário, ninguém sairia vivo da São Lourenço. Principalmente o juiz!

Disputa encerrada, o dono do time fez valer o poder de escolha dos prêmios. Cabia ao time campeão um troféu mequetrefe que tinha a inscrição "1º LUGAR". Ao segundo colocado caberia um prêmio de consolação: a bola usada na disputa, que era nova. O time não tinha bola! O fazendeiro entrou em apoio e todos concordaram que o campeão ficaria com o prêmio do segundo colocado.

Na entrega dos prêmios o candidato certamente deveria fazer um discurso. Já estava ficando saidinho nessas questões. O problema foi que entre uma partida e outra ia e voltava à venda e já nas semifinais estava anestesiado. Nem sentiu que perdera dois dentes ao trombar no ombro de um jogador. Foi seu irmão e cabo eleitoral, que o acompanhava em todos os lugares, quem primeiro viu a janela na boca do candidato. O jogo da final iria começar e o candidato tinha que dar um jeito na situação de forma rápida. Na hora do discurso ele foi sério para a mesa em torno da qual se formava a plateia, onde estavam o troféu e a bola. O candidato fez um "V" com os dedos da mão direita, juntou-os esticados e levou-os em direção à falha nos dentes. Fez todo o discurso com os dedos na boca, para estranheza geral. Terminada a premiação, o time vice-campeão saiu em retirada com medo de briga. Chegou a sua localidade fazendo uma grande festa pelo troféu conquistado.

Quem os desmentiria? Eles estavam com o troféu que continha a inscrição "1º LUGAR". Eram os campeões!

O candidato dirigiu-se à venda para poder fazer, como dizem os políticos, um corpo a corpo, conversa ao pé do ouvido, e exercer seu poder de convencimento. Foi ficando tarde. O irmão foi dormir na Kombi do candidato. Pegou a dormir pesado e acordou já madrugada alta com uma gritaria vindo da venda.

– Meu Deus, está brigando!

Saiu em disparada para acudir o irmão e ficou estarrecido com a visão que teve: o dono da venda estava sentado sobre um saco de feijão, dormindo com o queixo apoiado em uma das mãos. O candidato, em pé sobre o balcão, fazia um discurso acalorado, com a janela à mostra, para três cidadãos que ouviam atentos suas propostas. A visão durou pouco, pois chegara no momento do encerramento do discurso. O candidato desceu do balcão, olhou o irmão com cabelo arrepiado, o dono da venda dormindo sobre a palma da mão, e viu que era hora de ir embora. Não sem antes deixar os cavalheiros em suas casas. Estavam a pé.

Enquanto se encaminhavam para as fazendas vizinhas, para onde os levaria, o candidato deixou o floreio de lado e apelou diretamente:

– Meus amigos, vocês viram, eu sou candidato e queria contar com seu voto nas próximas eleições.

– Ah, seu moço, meu voto *era* seu. Mas eu não tenho título de eleitor.

– Nem eu. Não consegui tirar. Sou analfabeto.

O candidato, perplexo, viu que regara plantas mortas, sem raízes, que não dariam frutos. Com a última esperança de ter um votinho ao menos, virou para o terceiro homem, já irritado:

– E o senhor, também não tem título?

– Eu tenho título, sim senhor. Mas voto no município vizinho.

– O quê? Ninguém pode votar? Mano, para o carro! Vou dar uma surra neste pessoal!

Nem o adulto-criança, como ficou mais tarde conhecido, segurou a bronca neste triste revés. Ele venceu a campanha e mais três depois dela, tornando-se uma pessoa conhecida e querida em todo o município. Presidiu o parlamento durante os trabalhos de promulgação da lei orgânica do município, quando liderou o processo de autonomia da Câmara. Com seu jeito conciliador, deu enormes contribuições. Sim, houve muitas outras passagens dignas de registro. Mas aí são outras histórias...

O pai de Deus

Câmara de vereadores. Em discussão, a restauração de um quadro gigantesco do último imperador. Havia apenas três exemplares da obra em todo o país. Tratava-se de retrato do imperador D. Pedro II em farda de gala: um fardão negro lembrando o céu noturno estrelado, tamanho era o número de medalhas de ouro, ordens honoríficas, entre elas a *L'ordre d'honeur,* do governo da França. O quadro estava emoldurado em outra obra de arte. Madeira de lei trabalhada com muito esmero, a moldura mostrava detalhes riquíssimos pintados de dourado. Na parte superior, bem acima da cabeça do retratado, o brasão do império, dando a impressão de ser uma coroa ou auréola militarizada, conferindo um aspecto divinal à peça. O imperador estava em sua fase madura, não a idosa. Mostrava um porte de titã imbatível, emanando poder. O olhar, contudo, revelava certa doçura, certo acolhimento, particular de seu temperamento. Era, portanto, agradável, tranquilizador olhar aquela imagem em posição de destaque no plenário legislativo da pequena cidade, que à época do Império tinha grande importância econômica, com a mineração e o plantio de café. Daí obra tão rara ter sido enviada àquela casa de leis.

Depois de mais de um século, sem um cuidado especializado para preservar a obra, ela dava mostras que poderia ser perdida. Poucos anos antes ela já havia sido tema de um projeto de lei, tombando-a como patrimônio histórico, talvez um dos últimos artefatos, ao lado do palacete que já abrigara um sem-número de vezes o próprio imperador, que lembram os tempos de glória da cidade. Uma restauração era necessária. Em artigo tão raro e tão importante, não se pode colocar um pintor de paredes para retocar o quadro. Era preciso um serviço especializado, que custava muito caro. Ao tomar conhecimento do orçamento para a restauração do quadro, o presidente da Câmara quase teve um infarto. Achou muito caro e resolveu colocar em plenário a aprovação da restauração do quadro. Todos acharam, também, muito caro. Indignaram-se. Inscrito para discursar, um vereador lembrou que muitos munícipes precisavam de assistência social e com o valor do conserto do quadro dava para comprar muitas cestas básicas. Era um absurdo aprovarem aquilo. Arrematou sua fala questionando:

— E, afinal, que santo é este?

Silêncio no plenário. Outro edil pede um aparte, concedido pelo orador:

— Concordo com Vossa Excelência. Temos que dar prioridade à assistência social, mas devo comentar que não se trata de um santo.

A plateia aliviou-se. Alguém explicaria o engano ao vereador.

— Veja, com tanta medalha assim só pode ser o pai de Deus!

Gringo no botequim

As pequenas vilas brasileiras são formadas em geral por uma praça com coreto, igreja, venda, grupo escolar e campo de futebol, e estão localizadas seguramente perto de um riacho onde se pescam lambaris e os garotos se refrescam no verão com um delicioso banho de rio. Na parte central das vilas ficam as vendas, propriedade em geral de um libanês a quem todos chamam de turco. Ele seguramente protesta contra isso. Vende-se de tudo nessas lojas: o doce, o sal, a fina renda e, seguramente, a cachaça. Para todos os gostos e preços. Ah, os preços! Nestas pequenas vilas costumam-se produzir produtos em pequena escala em pequenas indústrias, como fábricas de chapéu de palha, fábricas de biscoitos e, seguramente, alambiques de cachaça.

Como acontece em todo canto do Brasil, perto das vilas encontram-se cidades um pouco maiores onde, cedo ou tarde, se instala alguma fábrica. Surge na região uma população flutuante de funcionários da empresa, desde o mais simples peão aos engenheiros mais graduados, estrangeiros, se a fábrica for uma multinacional.

Nesse contexto, em uma dessas vilas brasileiras havia um alambique, propriedade de um certo José, que era muito trabalhador e um empreendedor nato. Porém, sem muito tino para negócios, vivia a fazer trapalhadas. O alambique era pequeno, artesanal, mas produzia uma cachaça que era um primor. Fez fama na região.

Na cidade próxima, uma fábrica de cimento estava a se instalar. Um dos engenheiros responsáveis pela montagem da fábrica, um alemão, ficou sabendo da fama da cachaça de José e frequentava regularmente a venda para saboreá-la. Mal falava português, sobretudo depois da quinta dose. Numa das visitas do alemão, José chegou à venda e percebeu o forasteiro se deliciando com sua cachaça. Ele, então, se aproximou e perguntou animado se o visitante havia gostado da cachaça. O alemão, já na sétima dose, apenas soluçou:

– *Hurp*!

O libanês, mais que depressa, disse a José que o cavalheiro era um engenheiro alemão e não falava português. Ficou com ar importante, escondendo de José os apertos que passava para entender o que o engenheiro queria. Os apertos duraram até conseguir ensinar ao alemão como pedir a cachaça fazendo um gesto de pinça com o indicador e o polegar separados por uma pequena distância. José, com seu espírito inovador, imaginou na hora a oportunidade de se tornar um exportador de cachaça. A euforia o impedia de ver que o alemão nada tinha a ver com comércio, mas o homem era amigo do libanês, ora essa! Tentou lembrar-se das aulas de inglês no grupo escolar, mas só recordava-se da professora. Ah, a professora! Então, aproximou-se do alemão e disse pausadamente:

– Mim, amigo.

Ao que o alemão respondeu com outro soluço:

– *Hurp*!

José continuou:

– Mim – colocou sua mão direita sobre o peito – amigo. Mim ter um alambique de cachaça, a coisa mais linda do mundo!

O alemão, sem nada entender, sentia a cabeça rodar depois da oitava dose e soluçava, já muito vermelho:

– *Hurp*!

José, percebendo que o outro não lhe punha atenção, sentiu-se insultado pelo desdém do estrangeiro. O alemão enxergava só um vulto à sua frente emitindo um som baixo que se repetia "mim, mim, mim...". Sentindo o sangue subir pela face, encorajado pelas doses de degustação durante a produção no alambique, José agarrou o colarinho do engenheiro e vociferou, sacudindo-o:

– Fala comigo! Está me esnobando? Fala comigo!

O alemão assustado – *hurp!* – soluçava e tentava escapar

dos braços fortes de José. O libanês pulou o balcão para separá-los antes que morresse o alemão, mas não pôde evitar mesas, cadeiras e copos quebrados. O alemão nunca mais voltou à venda...

Sopa de galinha

Um dos eventos mais emocionantes entre a juventude de pequenas cidades são as famosas sopas de galinha. Um encontro social, normalmente em uma casa vazia de solteirões ou famílias em viagem. Nesses encontros não há preocupação em fazer bagunça na cozinha. Preocupa-se, apenas, em limpar tudo no final, sem deixar vestígios – crime perfeito. A despensa da casa dos participantes sofre pequenas baixas: pacotes de macarrão ou arroz (para canjas), sal e legumes. A bebida é conseguida com a liberação de um litro de pinga pelo dono do botequim, que somente cede garrafas de seu estoque vendendo caro e ganhando a senha para entrar na sopa. É preciso ter no grupo algum entendido de cozinha capaz de fazer a sopa. Muitos aprenderam tal arte *gourmet* estragando muitas paneladas. Não jogam nada fora. Comem tudo, esteja bom ou ruim. Daí a importância do cozinheiro para o grupo.

Outra modalidade do evento é o fechamento de festividades. Depois de um dia inteiro de abuso etílico, só bebendo, todos tontos, é preciso, para muitos, tomar uma sopinha a título de reparação. Para a maioria, contudo, a sopa é a cereja do bolo. Para alguns, a ida à festa somente é decidida após a notícia de que farão a sopa no final. Vão pela emoção proporcionada pela sopa.

Que emoção? Bem, a emoção está no fato de que, em geral, não se tem as galinhas para fazer a sopa. É preciso caçá-las. Não havendo galinhas selvagens, a caça se dá nos galinheiros da vizinhança (aqueles que ficam o mais longe possível da casa em que se fará a sopa). Apesar da chateação e revolta dos donos dos galinheiros, tal prática nunca foi encarada como um ato criminoso. À exceção de uma vez em que um grupo teve que pagar caro por um pato que fora caçado no galinheiro de uma viúva e se explicar à polícia. Foram repreendidos por um delegado que já havia, inclusive, comido com eles algumas sopas. Em geral, não se denuncia. Colocam na conta de traquinagens de garotos e moços à toa. Levam na brincadeira.

Certa vez, um certo José, indo para casa, encontra um amigo que o convida a comer uma sopa dessas.

– De onde vêm as galinhas? – pergunta José, já no plural, pois sabe que nestas ocasiões nunca se pega uma só galinha. Senão, não vale o trabalho.

– Não sei, não. Iam discutir onde encontrariam as mais gordas.

Rapidamente chegam à casa onde se faria a sopa. Os aventureiros haviam acabado de chegar da caça. Sem jeito e com risinhos sem graça, recebem José. O amigo que o convidara é chamado pelo dono da casa. José vê as galinhas abatidas no tanque, esperando a água ferver para serem depenadas. Aproxima-se da caça e sentencia:

– Estas galinhas são minhas.

– Que isso, José? Não o convidaríamos para comer a sopa se as galinhas fossem tuas!

Essas são as palavras do dono da casa, que já havia conversado com o colega que convidara José. Este explicou que teve que convidar. Caso contrário, José pegaria os companheiros no flagrante. Depois, como poderia imaginar que José conhecia tão bem suas galinhas? Nunca dera essa impressão.

– Não sei por que me convidaram, mas que estas galinhas são minhas, são!

A sopa fica pronta. Uma delícia! O dono da casa era um dos mais experientes cozinheiros nesse tipo de culinária. José insiste que as galinhas eram suas e todos negam veementemente. Farra acabada, saem todos felicitando o cozinheiro pelo tempero. José corre para casa e vai direto ao galinheiro. Vê penas e sangue e sente falta das duas galinhas que vira mortas.

– Eu sabia que as galinhas eram as minhas! Na porta do galinheiro, uma mensagem: "Crie outra remessa". Isto tirou José do sério, levando-o a ficar muito bravo, mas logo estava rindo, achando graça do caso. Afinal, a sopa estava muito boa.

O velório

Nas pequenas cidades do interior é notável o sentimento de comunidade. Atritos? Nós os vemos, sim. É normal em qualquer lugar. Quando há algum problema sério com alguém, porém, a comoção é geral e todos se dispõem a ajudar. A solidariedade mais comum nas pequenas vilas é observada em caso de morte. O conforto à família que sofreu a perda com a presença é tudo o que se pode oferecer. A indiferença não existe nessas horas, pois não há desconhecidos nas vilas. Todos se conhecem. Todos se consternam, mesmo aqueles que não tiveram boa relação com o finado. A presença no velório de alguém com quem se tinha diferença mostra o respeito para com o falecido, mesmo que, por vezes, o quisesse ver morto. A morte tem sempre a força da transformação: os defeitos são apagados e o ser humano vira santo. Nas pequenas vilas isso é bem acentuado.

A consternação da perda pode contrastar com a dinâmica dos velórios. Alguém que não sabe o que está acontecendo, por vezes, pode pensar que chegou a uma festa. A organização dos velórios nas casas, via de regra, acontece naturalmente da seguinte forma: na sala da casa fica o caixão com o finado ou a finada, a viúva ou o viúvo, filhos, ocorrendo um revezamento durante a madrugada entre genros e noras, amigos da vila e conhecidos solidários. Em lado oposto, na varanda dos fundos, ou nos terreiros em dias quentes, mas sempre perto da cozinha, fica o povo em geral, os contadores de casos e piadas e uma assistência ávida por riso. Muitos destes espectadores vinham das vendas da vila, sobretudo os mais caricatos, como o grande Gasolina.

A proximidade da cozinha se dá pelo fato de ali ser produzido o café quase continuamente, por ali abrigar-se o estoque de aguardente da casa e, na maioria dos casos, o local onde se faz a sopa. Se na casa do finado não tem galinheiro, dá-se um jeito na casa de alguém. Certamente não se pede permissão.

Alguns membros do clube da sopa são frequentadores assíduos de velórios, evento em que podem praticar seu esporte preferido: fazer sopa. Nestas horas a caça às galinhas é tolerada. A morte ameniza os defeitos. Relativiza os pequenos erros.

Certa vez teve-se notícia do passamento de um filho da terra que morava muito longe. Era viúvo e os filhos moravam ainda mais longe. Enfim, carecia de alguém da vila ir a tal cidade onde morava o homem para liberar o corpo e o trazer para ser enterrado onde nascera. Mais que depressa um jovem se habilitou à aventura. Saiu de ônibus, com o dinheiro da passagem de ida e volta contado, pois não poderia voltar com o carro da funerária. Já na ida, durante as paradas, gastou o dinheiro da volta tomando umas para esquentar o peito no dia frio que fazia. Quando chegou à cidade, teve que andar muito para achar a funerária. Explicou ao dono que não tinha dinheiro para voltar e pediu uma carona.

– Mas não há lugar, vão dois funcionários e o ataúde no baú da Caravan.

– Eu vou junto do, como é que chama?

– Ataúde.

– Isso, do ataúde!

– Mas não pode, moço! – endureceu o dono, vendo que o rapaz já estava baleado.

A insegurança do motorista para chegar ao destino do falecido, nunca havia dirigido para aquelas paragens, o fez interceder pelo moço. O dono concordou e, noite alta, saíram com destino à vila. O moço, de fato cansado da viagem e das pingas, arranjou um jeito de deitar ao lado do finado e logo começou a roncar para desespero dos funcionários da funerária.

Estava na moda o uso de sapatos sem meias. Com o frio da madrugada entrando pelos buracos no baú improvisado da velha *Caravan*, não demorou para o rapaz acordar com um frio insuportável nos pés. Começara a bater queixo. Viu a portinhola que comunicava o baú com a cabine fechada e não teve dúvida: abriu o ataúde, pegou a meia do finado e vestiu, para seu alívio. Viu que o sapato lhe cabia bem (o seu estava avariado).

– Hum, Manezinho não vai andar muito para onde vai, pode ficar com o sapato velho.

E fez a troca, tratando de disfarçar bem as flores removidas na operação.

Quando chegou o corpo à vila, o clube da sopa estava a postos para iniciar as atividades. Os filhos do falecido viriam de muito longe, os moradores já estavam desde cedo na vigília, ainda sem morto a chorar; enfim, era preciso algo mais substancial para o povo.

– Sopa de mandioca. O que acham?

– Uma boa, mas onde vamos encontrar mandioca? E combina com galinha?

– Ih! Uma delícia!

Acharam um quintal ali perto, onde um velho senhor cuidava zelosamente de uma pequena moita de mandioca. Para não levantar suspeitas, depois de tirar as raízes, fincaram novamente os pés na cova, acomodando a terra em volta. Com o terreno recém-capinado, o velho senhor, já com a vista ruim, não percebeu o furto de imediato.

O féretro chegou juntamente com uma chuva inesperada. A sopa ficara pronta, os presentes já haviam comido e pouco sobrara para os filhos do falecido. Enfim, o velório poderia prosseguir, agora com o corpo para velar.

Pouco tempo depois chegaram os filhos, noras, netos, irmãos, cunhados, amigos de mais longe. Na casa em que se dava o velório, construída bem nos fundos do terreno, não havia varanda dos fundos. A cozinha e a sala davam para uma única pequena varanda em frente à casa. Com a chuva, todos ficaram espremidos. Os contadores de caso e comedores de sopa estavam, por assim dizer, na recepção do povo que ia ao velório. A nora do finado, criada em cidade grande, espantou-se com a algazarra de risos e não acreditava estar chegando ao velório do sogro. O esposo a tranquilizou dizendo que não havia engano, não. Assim é que funcionavam as coisas na vila.

Os cunhados do finado eram os contadores de caso mais requisitados do lugar. Revezavam-se contando histórias e piadas. À medida que chegavam mais pessoas, os que estavam na varanda eram empurrados para a sala. A nora quase teve um troço quando Gasolina chegou para ela e avisou com ares de preocupação:

– A sopa e a cachaça estão acabando. Se quiser posso ir à venda pegar pão e *mortandela*.

Surreal, pensou a nora. Um dos cunhados mais empolgados, quando viu, estava do lado do ataúde (o moço ensinara o nome que se dá aos caixões). Os presentes o olharam para ver se não se tocava e parava de contar piadas. Não se fez de rogado. Levantou o lenço branco que cobria o rosto do finado e disse, fitando-o fraternalmente:

– Cunhado, essa é para você!

Virou-se e contou mais uma piada, para desespero da nora. Na hora do enterro, contudo, a comoção tomou seu lugar.

Nos dias seguintes ao enterro, o velho senhor, percebendo as folhas de alguns pés de mandioca murcharem, intensificou a irrigação. Depois de uma semana os pés secaram tanto que decidiu tirá-los e replantá-los. Só aí descobriu que não havia raízes e respondeu à pergunta que se fizera durante o velório da semana anterior enquanto comia a sopa:

– De onde é que será esta mandioca? Cozinhou tão bem. Será que a minha ficará igual?

Televisão

Foi um acontecimento. A instalação da primeira televisão da vila, na casa de Dona Ernestina e Seu Antônio, foi feita de forma ruidosa e comentada em toda parte. Convidaram todas as famílias da vila para que vissem a novidade. O primeiro grande evento transmitido na casa, a contar com enorme plateia, foi a transmissão da final da Copa do Mundo. Seu Antônio arranjou o aparelho na porta da sala e formou-se um grande círculo em frente à casa deles, lembrando a geral do estádio da final da copa de 50 – o destino ainda dará oportunidade de reescrever-se aquela história! Na plateia, toda a gente da vila se acotovelava para ver o mais que pudesse.

Em local privilegiado estava um senhor que chegou muito cedo. Cedo o suficiente para oferecer ajuda a Seu Antônio para trazer o aparelho para a porta. Durante a partida era notória sua inquietação. Ele agachava-se, esticava-se para um lado e para outro, como a procurar pela imagem.

– O que é que foi, compadre?

– A bola some toda hora. Quero acompanhar ela...

E continuou os movimentos a cada vez que a bola saía do quadro de imagem até o fim do jogo, como se o aparelho fosse uma janela que o permitisse ver o que estava além do quadro de imagens.

Para as crianças, a principal dificuldade de adaptação era distinguir o real das imagens, era saber que não existiam aquelas coisas *dentro* da TV. Isto ficou evidente certa noite em que uma família assistia TV junto aos familiares (a casa estava sempre cheia). Em uma propaganda de biscoitos, aparecia uma linda mulher provando grande variedade de biscoitos, enquanto uma voz masculina, intensa, enumerava as grandes vantagens e sabores da marca. Ao final, a mulher pegava uma bandeja de biscoitos sortidos, se virava para câmera e perguntava:

– E você, aceita um biscoito Duchen?

O caçula dos visitantes saiu correndo do canto em que estava gritando:

– Eu! Eu! Eu!

Quando chegou perto, uma nova propaganda começou e menino entristeceu-se:

– Ah, foi embora...

Aos poucos o povo foi se acostumando ao aparelho. Deixou de ser mágica. Seu Antônio ficou cada vez mais orgulhoso da façanha de ter o primeiro televisor da vila. Certa vez comentou em uma conversa:

– Compadre Manoel gostou tanto do aparelho que colocou o nome de seu filho igual ao de minha televisão.

– Qual, Seu Antônio?

– Philips!

O seresteiro

O que não pode faltar em uma cidade pequena é alguém que possa animar as festividades: um violeiro, um gaiteiro, um sanfoneiro; enfim, um músico. Jorge Amado, o grande escritor, quando romanceou o nascimento de Tocaia Grande colocou como um dos primeiros habitantes, mesmo que temporário, o Pedro Cigano, um sanfoneiro talentoso que alegrava todas as festividades da cidade.

Nas paragens em que se passam estas crônicas há um lendário seresteiro, autodidata, que tinha voz de trovão. Era um apaixonado pela seresta. Nelson Gonçalves, Ataulfo Alves, conhecia todas. Além de excelente intérprete, era também compositor. Compôs o hino da vila, canção belíssima, e muitas modinhas.

Os pais compravam violões para os filhos na esperança que aprendessem com o seresteiro. Um deles deu o instrumento ao filho como presente de aniversário quando este completou 16 anos. Sem muito talento, o adolescente aprendeu umas serestas. O pai o incentivava, mas ao final das execuções sempre reclamava:

– Você não aprende a fazer o *dum-dum*, que nem faz o seresteiro.

Resignava-se.

As serestas se davam, basicamente, de duas formas: ou na casa de alguém, que patrocinava os comes e bebes, ou então, na maioria das vezes, nos botequins da vila, com os presentes revezando-se em pagar a cerveja. Só podia pedir uma música quem colocasse uma cerveja na mesa. Assim era a boemia da vila.

Foi aí que um filho da terra, ao conseguir emprego na cidade grande, chegou à vila para as primeiras férias. Boêmio também, degustador ávido de uma cerveja gelada, mal esperava a hora de poder se juntar ao clube dos homens que pagavam a cerveja. Sim senhor, era um homem! Na infância, via, escondido, os homens, entre eles seu pai, nesta engrenagem que mantinha a música nas noites enluaradas.

Sim senhor, um homem feito!

Desceu na vila no ônibus da noite. Era uma quinta-feira e acreditava que só haveria seresta no dia seguinte. Para sua surpresa, quando o ronco do ônibus silenciou, ouviu o *dum-dum* inconfundível do seresteiro vindo do único botequim aberto da vila. Emocionou-se. Iniciar-se-ia a vida adulta que na infância almejou.

Adentrou no botequim como que encantado. Há muito não ia à vila. Foi uma festa. Todos o saudaram com euforia.

– Está mudado, o rapaz.

– Não é mais um menino. Está com jeito de homem!

Fora aprovado no grupo. Faria, então, a diplomação. Dirigiu-se ao balcão e pediu logo duas cervejas. O povo se alvoroçou. Pediu o clássico: "A volta do boêmio". O seresteiro argumentou que já havia tocado a canção e mandou outra. O jovem ficou um pouco frustrado. Tomou a cerveja e a falta, ainda, de hábito com tal bebida o fez perder a timidez. Pegou mais duas cervejas e colocou na mesa. Insistiu com o seresteiro, pois não tinha ouvido a música. Era um clássico, todos iriam gostar de ouvir novamente, ao que todos concordaram.

O seresteiro assentiu com a cabeça e iniciou a execução do clássico *dum-dum-dum-dum-dum-dão*. O jovem empolgado, já desinibido, atropelou a introdução e entrou com sua voz de taquara rachada na muda:

– *Boemia, aqui me tem de regresso...*

O seresteiro, que sentiu os ouvidos agredidos com o arroubo do rapaz, deu um tapa seco nas cordas do violão, parando a música e emudecendo o rapaz. Todo o botequim silenciou-se para ouvir a voz de trovão:

– Meu rapaz, quer pagar a cerveja pode pagar, mas não assassina a música, não!O rapaz viu, então, que fora aceito no clube na classe de ouvinte. Não de cantor. Conformou-se e seguiu ouvindo. Só ouvindo:

— *Boemia, aqui me tem de regresso...*

Conselhos sobre dentaduras

O morador da vila vai visitar um sitiante amigo e chega cabisbaixo. O amigo percebe que está tristonho e pergunta o motivo.

– Ah, compadre, estou triste. Meus dentes se acabaram. Semana que vem já *tá* marcado. Vou começar a arrancar tudo e colocar dentadura. Não tem jeito. Tenho medo de não me adaptar.

– Não se preocupe, compadre. Eu uso há tantos anos e não tenho problema. Desejo a você a mesma sorte que tive. Mas, veja, esta é a terceira que faço.

– Ora, compadre, então você não teve sorte nenhuma. Olha só, precisou fazer três!

– Então, digo que é sorte por isso mesmo, cheguei à perfeição. Vou lhe contar como foi. A primeira que fiz ficou muito ruim. Ficava bamba na boca. Não podia assoviar que a maldita saía da boca. O pior é que tinha uma vaca com nome de Democrata. Eta nome encravado! Era eu chamar a vaca, a dentadura voava – Democrata – e já ia para o chão pegar a maldita, tirar a poeira e colocar de novo. Foi aí que descobri um novo dentista em Porto Novo, que era muito recomendado. Compadre, vá neste dentista, porque ele acertou comigo. Com a segunda dentadura eu assoviava, e conseguia até chamar a Democrata sem problemas.

– Ué, então por que você fez ainda uma terceira?

– Vai escutando... Estava tão contente com a nova "chapa" que eu fazia de tudo, estava até chupando cana e comendo rapadura! Até esquecia que estava usando dentadura. Veja só o que é a confiança. Estava amansando uma junta de boi quando um garrote caiu no brejo e não levantava por nada. Dava paulada, cutucava com o ferrão e nada. Foi aí que me lembrei dos tempos de rapazote, quando aprendi com Seu Totonho que mordida no rabo era o remédio quando uma rês qualquer empacava. De fato, funcionava. Então, seguro como eu estava como o novo aparelho, fui com vontade e dei uma mordida no rabo do garrote. O bicho deu uma abanada com o rabo que ouvi um estalo. Olhei para o céu atrás das nuvens, pensando ter ouvido um raio. Foi abrir a boca que caiu a parte de cima, metade para cada lado. Voltei lá e fiz esta terceira.

– É, compadre, quero ir neste dentista aí.

– Você não vai se arrepender, mas vá sabendo que morder rabo de boi não tem protético que dê jeito.

Estudantes do interior

Algo de muito comum no interior é a saída de jovens para estudar em cidades maiores. Famílias mais remediadas alugam ou até compram casas ou apartamentos para os filhos morarem enquanto estudam. Os demais contam com parentes ou familiares que os adotam e, com este gesto, ajudam a transformar vidas.

Nos dias de hoje a saída dos jovens para estudar está mais para êxodo. Com o avanço do estudo básico no interior, eles saem para fazer faculdade e raramente voltam para a terra natal. Alguns anos atrás essa migração era preponderantemente temporária. Era moda os rapazes saírem para estudar Técnicas Agrícolas, um curso técnico que equivalia ao antigo 2º grau, um privilégio para quem detinha este título. Era nível de professor, pois as professoras também faziam um curso de 2º grau, o famoso Magistério ou Curso Normal.

Pois bem, os rapazes, nos tempos em que a vila era ainda menor do que é hoje, acostumados ao trampo do campo, não se imaginavam como professores, que afinal era profissão de mulheres. Ficavam, isto sim, maravilhados com a possibilidade de virarem técnicos agrícolas. Seriam doutores do campo!

É neste contexto que, em certo tempo, havia na Escola Agrícola de Campos dos Goytacazes vários alunos de uma mesma vila. Da nossa vila! A ida desse primeiro grupo se deu por insistência de um rapaz que fizera Veterinária e acreditava que o estudo era necessário, mesmo para quem fosse ficar no campo. Seu maior trabalho foi convencer os pais que os rapazes precisavam sair para estudar, que seria importante.

Já na Escola Agrícola, não suportando a vida de alojamento (o que, no início, lhes permitiu iniciar os estudos), com os mais experientes conseguindo serviços extras para faturar algum dinheiro, montaram uma república: um muquifo de três cômodos, incluindo um banheiro, dividido com cerca de dez rapazes, todos conterrâneos. Foi o que deu para arrumar. Depois, qualquer coisa, até debaixo da ponte, seria melhor que o internato.

A república, pode-se imaginar como era. Uma mostra do grau de sua (des)organização é o caso das cuecas. Um dos conterrâneos ocupava a parte inferior de um beliche, que ficava encostada na parede. Colocou sete pregos enfileirados e pendurava as sete cuecas que tinha. Uma para cada dia da semana. Iniciava com a de segunda. Ao terminar o dia, devolvia-a ao respectivo prego e colocava a de terça-feira. E assim seguia, sem lavar as cuecas, até o dia em que ia de férias para a casa dos pais. Isto no mesmo cômodo onde se revezavam, segundo rígida escala, para cozinhar.

A alimentação dos filhos era uma preocupação frequente das famílias. Por isso, nas férias, eles plantavam hortas, colhiam pequenos roçados para que os meninos levassem farta colheita. Com tantas bocas, considerando a limitação da Kombi que levava todos eles, os suprimentos duravam pouco. De quando em vez, escreviam cartas, às vezes comentando do racionamento de mantimentos. Ocultavam, contudo, que o faturamento não era usado para repor o estoque, mas para pagar a cachacinha que todos já apreciavam. Não raro, faziam-se visitas com comboios extras para se levar um reforço, aproveitando o carro de algum parente dos estudantes, e, não menos importante, ver o que se passava.

Foi em uma época de maior escassez que um dos meninos escreveu à mãe. Esta mobilizou toda a vila para mandar um reforço. Foi também nessa época que começou a aparecer no lixão perto da república uma leitoa mais para magra do que para gorda, chafurdando no lixo ali perto. Os meninos resolveram sair à caça, então. Numa ação rápida, lembrando-se das sopas de galinha que faziam na vila, prepararam tudo para abater a leitoa na sexta-feira à noite e comer no sábado. O bicho já há alguns dias vivia no lixão. Devia ter fugido e o dono não viera buscar. Azar! Bem no momento em que estão saboreando a leitoa, chega o reforço mandado pelos parentes, levado pelos pais de dois estudantes.

– Ô compadre, veja só. Mandam cartas tristes e ficam se refestelando com leitoa assada!

Até explicar que focinho de porco não é tomada, quase perderam os suprimentos extras trazidos pelos parentes.

Com o tempo os meninos começam a namorar. Muitos casam e não voltam à terra natal. Um dos rapazes arrumou uma namorada que morava em uma cidadezinha ali perto. O tempo passou e ele ia conhecer os pais da moça. Diga-se de passagem, por exigência dela. Isso deveria acontecer durante a festa da cidade. O rapaz estava preocupado. Não tinha nem roupa direito para ir conhecer os pais da moça. É nessas horas que a solidariedade republicana fala alto. Fizeram uma espécie de "vaquinha de empréstimo". Um tinha uma calça mais nova e a emprestou. Outro uma camisa mais social, outro um sapato engraxado e, assim, produziu-se. Colocou a roupa "nova" em sua bolsa e partiu para a casa da moça.

A noite passou protocolar. O rapaz, em presença dos sogros, não pôde nem pegar na mão da namorada. Foram à festa juntos: missa, procissão, leilão e as três primeiras músicas do baile.

– Já está tarde. Vamos para casa – sentenciou o sogro.

Ele dormiu no quarto da moça, mas ela dormiu no quarto dos pais, que trancaram a porta e passaram a noite revezando-se na vigília. A moça não podia sequer se mexer mais à vontade na cama que um dos dois já acordava. Passou o domingo também protocolar. Almoçou, viu as atrações diurnas da festa: banda, futebol e jogos em barraquinhas em busca de uma prenda para a namorada. Depois do jantar colocou a vestimenta com todo cuidado de volta na bolsa e foi pegar o ônibus.

Uma das prendas que conquistara para a namorada foi um saquinho de goma de mascar. A moça, gentilmente, deu a ele algumas gomas para viagem. Os namorados se despediram de casa mesmo. O pai não a permitiu ir à rodoviária. O rapaz separou a passagem, mostrou-a ao motorista e subiu ao veículo à procura de sua cadeira. Acomodou a bolsa com a muda de roupa dos amigos no porta-volumes e descascou uma goma para iniciar a viagem. Ficou com o papel da goma em uma mão e a passagem na outra. Lá pelas tantas, quis desfazer-se do papel da goma, mas amassou a passagem e jogou pela janela, sem perceber a troca. Cansado, pegou no sono.

No meio do caminho, o ônibus parou para a entrada do fiscal, que verificava a passagens de todos. Quando se aproximou do rapaz e solicitou o bilhete, este, com toda a naturalidade, entregou-lhe o papel da goma de mascar.

– O senhor está brincando comigo? – retrucou o fiscal, carrancudo.

O rapaz, ao ver o papel da goma na mão do homem, gelou, levou as mãos à cabeça e começou a ladainha. Argumentou de forma dramática, recorreu ao motorista que o vira entregar o bilhete na entrada e destacara o canhoto. Achou-se o canhoto, mas como provar que era dele? A essa altura, com o ônibus parado atrasando a viagem, todos os passageiros testemunharam a favor do rapaz. Se as testemunhas não convenceram o fiscal, deixaram-no com medo pelos protestos diante do atraso da viagem. Seguiram. O rapaz, arrasado com a própria distração, mesmo com sono não conseguiu dormir mais, o que o deixou aéreo, quase um sonâmbulo. Entre cochilando e acordado, despertou com a freada brusca do ônibus ao chegar à rodoviária de Campos dos Goytacazes. Acordou com os olhos pesados, pegou a bolsa no porta-volumes e saiu em disparada para a república, onde pretendia dormir um pouco mais.

Os estudantes, que dormiam profundamente, acordaram com os gritos:

– Eu sou um desgraçado! Eu tenho que morrer!

Quando todos se reuniram na pequena sala da casa viram o rapaz com o rosto tapado pelas mãos chorando aos soluços. Todos se preocuparam, consolaram-no e acalmaram-no até que pôde falar:

– Olhem só. Esta bolsa é idêntica à minha. Quando saí do ônibus peguei aquela que estava sobre a minha cadeira. Ao invés das roupas que me emprestaram, vejam o que achei dentro dela – apontou para objetos sobre a mesa. Havia na bolsa um chinelo de lona surrado, uma manta velha e uma latinha com farofa e, ao que tudo indicava, uma rolinha frita.

O consolo e a compaixão deram lugar à raiva naqueles que tiveram suas melhores peças perdidas. Dividiram entre eles o espólio. Por incrível que pareça, a peça mais disputada entre os credores foi a lata de rolinha. Estava muito cheirosa e todos com um pouco de fome.

História de pescaria

Tais palavras quase sempre estão associadas. Pode haver histórias sem pescarias, mas não o contrário. Nas proximidades de rios são formadas muitas vilas, pequenas cidades. Para algumas pessoas o único sentido disso é que fica mais fácil para pescar. Não é necessário ir muito longe. Se o rio for grande, com muito peixe, a pescaria vira até profissão. Entretanto, se o rio é pequeno e não oferece mais que lambaris, carás, bagres e, quando muito, algumas traíras, a pescaria é para o gasto. Divertimento. Quase uma penitência. Pois há que se suportar o calor à beira de córregos, vencer o mato alto, aguentar os mosquitos (abençoado o inventor do repelente!), fugir de vaca de bezerro novo e de cachorro bravo, entre um sem-fim de provações para pegar uns peixes magros. Para os meninos, filhos desses pescadores aficionados, há duas saídas: ou aprendem a gostar da coisa ou esperam fazer dezoito anos para dizer ao pai que não vão pescar. Não importa o caso, sempre têm que acompanhar os pais.

Nas pequenas vilas situadas perto de grandes rios, não à margem, mas a um par de horas de viagem em estrada de chão esburacada, é comum os amantes da pesca organizarem acampamentos para passarem uma semana inteira dedicando-se à pesca. À pesca e à farra. Outra característica de quem gosta de pescaria no interior é o apreço à boa mesa, à cachaça e às piadas. Quando se formam grupos para esses acampamentos, a esperança é que se pegue durante o dia o peixe que se cozinhará à noite. Como nem sempre a pesca é garantida, o suprimento levado para o acampamento é sortido e em quantidade. Se tiver peixe, faz-se assado ou frito. Se não tiver peixe, faz-se sopa. Nos dois casos bebe-se muita cachaça. Na equipe havia sempre aqueles que iam para pescar mesmo e outros que iam apenas para farrear à noite. De fato, as noites no acampamento são tão agitadas que é comum receberem até visitas. São aqueles que adoram um pagode de monta, mas não aguentam ficar sequer um dia à beira do rio esperando que os peixes encontrem a minhoca em seus anzóis. Esses visitantes levam mais cachaça, pão ou coisas que julgam ser úteis ao acampamento.

Certa vez, organizou-se um acampamento perto de uma usina hidrelétrica. Entre a turma figuravam dois exemplos típicos das gentes do interior que vão acampar. Em um extremo, um dos mais famosos pescadores da vila, que tinha todos os apetrechos: varas de fibra, molinetes, isca artificial, técnicas das mais variadas. Gostava também de caçar e levava sempre sua espingarda de cartucho. Se não desse peixe, poderia caçar uma paca ou capivara que garantisse a noite. No outro extremo, um dos mais famosos cozinheiros da vila. Este não tinha paciência para pescar, odiava ficar à beira do rio e se ocupava do almoço e da janta. Era famoso pelas sopas e o tanto de água que colocava nelas.

O dia marcado chega e uma preocupação paira. Estava armando chuva. O local não poderia ser mais propício. Um sitiante permitiu que montassem o acampamento em suas terras. E como ameaçava chover, ofereceu um curral que não utilizava mais, porém muito bem estruturado, com telhado bom e até luz elétrica. O curral ficava à beira do caminho e, à noite, podiam-se ver os faróis dos carros passando.

O pescador se preparou muito para aquele acampamento. Ficou uma semana atrás de iscas e arrumando suas coisas. Para si e para os outros.

– Ninguém faz nada para preparar a pescaria. Se eu não fizer ninguém faz.

Naquele ano testaria uma nova isca: rãs vivas. Caçou-as muito para conseguir boa quantidade. Aprendera que para pegar dourados as rãs eram insuperáveis. Dizia a todos com ar de quem já sabia, mas era a primeira vez que as usaria. O pescador achou ruim ficarem no curral, pois preferia o estilo mais rústico das barracas, da luz de lampião; enfim, menos civilidade e mais improvisações. Mas, como ameaçava chover, acabou concordando. Mesmo assim fez questão de montar a barraca. Ficaria nela enquanto desse.

O cozinheiro também se preparou muito. Levou seu maior tacho, entre outras panelas e utensílios, uma variedade enorme de macarrão para sopas, arroz para a canja (galinhas, arranjavam nos quintais próximos), temperos variados, pratos e talheres. Ao contrário do pescador, gostou do curral. A luz elétrica facilitava o serviço, tinha uma bica de água jorrando dia e noite (o que ajudava em sua mania de limpeza), e com um cocho de cimento fez o fogareiro, que se mostrou um poderoso fogão. A única coisa que não levou foi anzol. Usaria uma vara do pescador. Ele sempre levava a mais.

Mal arriaram as coisas e montaram a barraca, por insistência do pescador, os mais aficionados partiram para a beira do rio jogar o anzol n'água. Com o tempo de chuva, água turva, o que é péssimo para pescaria, não surpreendeu o pescador o fato de sequer os peixes beliscarem o anzol. Para conseguir alguma coisa para a janta, teria que caçar. Foi à barraca, pegou a espingarda com a cartucheira e saiu para uma região mais pedregosa. Depois de muito procurar avistou um lagarto no alto de uma pedra. Mirou e acertou o tiro que pegou do meio para trás. O espalhar do chumbo fez um estrago com a barriga e calda do bicho. Voltou para o acampamento levando a presa, todo contente.

O tipo que também não falta nas pescarias são os brincalhões, contadores e fazedores de casos. São os cronistas das histórias que se passam no acampamento. Eles também garantem a risada na noite de farra, contando casos passados. Por vezes, em não acontecendo nada digno de registro, eles produzem. Para garantir a história daquele acampamento, um destes camaradas viu uma oportunidade de ouro. Esperando o pescador voltar à beira do rio com a espingarda pendurada, pegou a caça e ajeitou-a em uma pedra de tal forma que só aparecia a cabeça, única parte que ficou intacta com o primeiro tiro. Deu um assobio, acenou para o pescador que não estava longe, chamando-o de forma apressada. Quando este chegou, apontou para o lagarto na pedra e sussurrou como quem não quisesse espantá-lo:

– Olha lá, outro lagarto. Este é maior, está dormindo,

esquentando no sol.

O pescador caprichou na mira e acertou em cheio – era um excelente atirador. Foi correndo buscar a presa, orgulhoso de si. Quando chegou perto, sentiu uma pontada no coração. Viu somente a carcaça do pequeno lagarto que acertara duas vezes. A carne foi toda estraçalhada, não aproveitariam nada. Voltou com a carcaça na mão e enfrentou a risada generalizada.

– Eu não acredito! Vocês não fizerem isto comigo. Eu não acredito!

Sem caça e sem peixe, tiveram mesmo que se contentar com a sopa. Os acampados receberam no curral o sitiante e três de seus empregados. O cozinheiro resolveu fazer a sopa no grande tacho. Ainda poderia aparecer alguma visita. Estavam em local fácil, na beira da estrada. A previsão se confirmou, chegaram três carros cheios. Espantado, o cozinheiro resolveu colocar mais água na sopa. Encheu logo um balde na bica e despejou no tacho. Achou pouco o macarrão e acrescentou arroz. A sopa cresceu. Os carros que passavam pela estrada pareciam vir para o curral. Com isso, o cozinheiro se espantava e colocava mais água. Contaram-se quinze baldes despejados no tacho de sopa. Ao fim, o macarrão derreteu de tão cozido, fundindo-se com o arroz. A sopa ficou uma pasta que com o tempero especial da fome dos convivas (foi servida às onze da noite) estava deliciosa.

Durante a sopa, um dos visitantes, que era funcionário da represa, comentou que seria feita uma manobra de fechamento das comportas, que tomassem cuidado. Os mais experientes vibraram com a informação, pois com o fechamento ficava muito mais fácil pescar. O pescador, contudo, não gostou, pois preferia pescar com o rio cheio. Dava mais emoção. No dia seguinte, todos foram para a represa. Não acreditavam no que viam. Com a baixa, formavam-se poças entre pedras repletas de peixes, carpas enormes, alguns poucos dourados. Largaram os anzóis e arrumaram porretes, galhos de árvores e, a paulada, iam enchendo sacos com os peixes abatidos. Jamais se pegou tanto. Vibraram.

Menos o pescador. Este se irritou. Disse que aquilo não era pescaria e que ele viera pescar. Pegou o embornal de rãs, preparou o molinete e jogava a chumbada com rã e tudo na pouca água que restou no rio. As rãs batiam nas pedras, pulavam e tentavam escapar. O pescador achava que era um peixe fisgando e recolhia a linha, apressado. Quando via, a rã já estava morta. Colocava outra. Os demais assistiam a esse espetáculo debaixo da sombra. Já tinham enchido todos os sacos, embornais e vasilhas disponíveis. Fizeram fieiras e só não pegaram mais porque não conseguiam carregar. Chamaram o pescador para ir embora. Precisavam limpar os peixes.

– Vocês não sabem pescar! Eu vim aqui para pescar – disse, enquanto trocava a rã e lançava de novo.

Todos aguardaram até que um deles quebrou o silêncio:

– É, não tem jeito. Enquanto ele não arrebentar todas as rãs nas pedras, não vamos embora.

O pescador recolheu a linha, ofendido, soltou as rãs e sentenciou:

– Eu nunca mais pesco com vocês! Vocês não sabem o que é pescaria.

A promessa não se cumpriu. Como recusar uma pescaria?

Carnaval do interior

No interior, se tivéssemos que escolher algo, uma única coisa para sentir saudade, seria o carnaval. Nada mudou tanto a ponto de só restar mesmo saudade. Os bailes nos pequenos clubes, ou salões, com bandas de sopro nos fazendo rodar e pular quatro noites de folia, sair em desfile pelas ruas da vila na alvorada da quarta-feira de cinzas, os blocos e desfiles memoráveis das pequenas escolas de samba em que a irreverência e a criatividade faziam toda a gente rir, admirar-se da felicidade estampada no rosto do povo, que se esquecia da vida para brincar o carnaval.

Não é só a festa que dá saudade. O envolvimento de todos para fazer o carnaval também mudou bastante. Eram uma festa os ensaios, as reuniões para confeccionar alegorias. Na semana que antecedia a folia era intensa a movimentação. Alegorias que não podiam faltar eram a Vaquinha e a Mulinha, no estilo daquelas da lenda do Boi-Bumbá, muito famosas no Norte e Nordeste do Brasil.

O primeiro passo para fazer a Vaquinha era conseguir um doador para o pano (o mesmo tecido servia para a Mulinha também). Essa não era a parte mais difícil, pois, na pior das hipóteses, sem trocadilhos, poder-se-ia fazer uma vaquinha. Em seguida, era preciso encontrar uma cabeça de boi com chifre. Tal tarefa não era simples se coincidisse com o período em que a vila estava sem açougueiros, as pessoas que matavam bois semanalmente para vender a carne. Fazia-se uma peregrinação pelas propriedades rurais ao redor. Conseguida a cabeça, era preciso cortar taquaras, uma espécie de bambu bem flexível, para fazer a armação. Na mesma viagem ao taquaral cortava-se a coluna dorsal da Vaquinha. Era o sustentáculo da armação onde se encaixaria a cabeça, em torno do qual se armariam as taquaras formando um grande balaio, que seria coberto pelo pano. Essa peça é a base da Vaquinha; através dela o folião sustenta o boneco pelo ombro e faz as manobras. A cabeça era fartamente coberta por panos e espumas, quando havia, os chifres enfaixados até ficarem macios, de forma a proteger os foliões que brincavam com a Vaquinha. Com óleo queimado se faziam os olhos, as narinas e focinho do animal para compor e sujar os foliões que brincavam com ele. Uma corda desfiada era o rabo. Estava pronta.

A Mulinha era bem menor. Era uma alegoria que ficava pendurada como um suspensório. A partir de um arco de taquara no centro delimitando o espaço para o folião, iam-se fazendo arcos maiores para formar também um balaio. Para a cabeça, não se procurava uma cabeça de burro, pois estas, em geral, são enterradas em terras de desafetos. Era feita também de taquara, requerendo bastante habilidade. Por isto, às vezes, não saía se um ou outro alegorista estava ausente.

Desnecessário dizer da farra que acontecia durante a confecção das peças. Era o pré-carnaval. Muitos iam só para rir, beber, lembrar-se dos muitos casos passados com as manobras e os resultados dela. Mais uma vez mencionamos as manobras e quem nunca viu a brincadeira da Vaquinha e da Mulinha deve estar a se perguntar que raios de manobras são estas. Trata-se de um teatro, a encenação de uma vaca brava solta na multidão sendo tangida pelo folião da Mulinha. O folião da Vaquinha manobra o grande boneco fingindo que vai pegar os demais foliões com falsas investidas e cabeçadas. Pelo menos é o que deveria ser. No entanto, não se exige teste de bafômetro para permitir a condução da vaca. Tampouco há muitos pretendentes, pois, como se deduz, a Vaquinha não é lá muito leve. É aí que, dependendo do estado do folião, a Vaquinha pode endoidar. Cabe ao folião da Mulinha contornar as investidas mais desproporcionais. A molecada fica em volta como a tourear a Vaquinha, o que também deveria ser teatro. Deveria.

Certa vez, em um ano que a Mulinha não saiu, a Vaquinha ficou por conta própria na avenida. Seu Guido, o articulador mais assíduo da Vaquinha, reinou nas ruas da vila. Ele realmente incorporava, não uma vaca louca, mas um touro bravo. Era possível ver seus pés por debaixo dos panos, esfregando o chão como fazem os touros em anúncio de investida. Quem conseguia se aproximar da Vaquinha podia ouvir a imitação de bufadas de boi prestes a pegar. Incorporava. Parecia ofender-se com as brincadeiras da rapaziada. Por isso, os rapazes mais fortes, que faziam as pilhérias de maior achincalhe, como virar de costas e mostrar as nádegas, foram os primeiros a sofrer com o realismo teatral. Seu Guido foi com tudo para cima de um rapazola, deu-lhe uma cabeçada no peito que o jogou a uns dois metros para trás. Por sorte a cabeça estava bem encapada e o leitor entenderá o motivo de tanto cuidado por parte dos alegoristas. Estava declarada a guerra. O rapaz levantou disposto a dar o troco. Rodeou a Vaquinha, fora do campo de visão de Seu Guido, que enxergava através de uma pequena abertura debaixo da cabeça da vaca. Encaminhou-se para a traseira do boneco e pegou o rabo, começando a puxá-lo com toda a força, fazendo a Vaquinha rodar. Seu Guido, apesar da tontura, seguiu o movimento até o rapaz soltar. A Vaquinha saiu pela tangente, com Seu Guido a trupicar no paralelepípedo, e caiu "de pernas para o ar", com Seu Guido sobre as taquaras. Por sorte não caiu sobre os arames, de forma que não teve nenhum arranhão. Foi só a beleza e o vexame do tombo.

Talvez por isso mesmo tenha ficado ainda mais furioso. Levantou de um salto, típico dele, pegou a Vaquinha, já meio cambota, e partiu para cima da garotada. Os garotos, depois de rirem com o tombo, tanto do rapazola quanto de Seu Guido, viram que a brincadeira acabara e trataram de correr dali. O rapaz que rodou a "vaca brava" nem esperou a caprichosa levantar. Deu no pé. Abriu um clarão na avenida e Seu Guido sentiu-se vitorioso.

O rodopio, contudo, mexeu com o intestino de Seu Guido, já baleado desde o almoço. Roncos de trovão o fizeram agachar na beira do meio-fio. Foi como se a Vaquinha estivesse deitada. O "balaio" segurava o peso da garantida. Com a malta dos moleques olhando a distância, abaixou a calça e deixou a natureza trabalhar ali mesmo, escondido de todos. Como não se mexia, os meninos mais destemidos foram chegando perto. Seu Guido percebeu pela fresta, de forma que bufava e balançava a Vaquinha, fazendo-os correr. Quando acabou a obra, nem se limpar pôde. Levantou o bicho deixando um monte pastoso que até lembrava merda de vaca. Foi para o fim da rua deixar o brinquedo onde sempre ficava e correu para casa prometendo não mais entrar debaixo da Vaquinha.

Hoje em dia uma aventura dessas não acontece mais. No carnaval das pequenas vilas não há mais salões ou alegorias. Apenas um palanquinho no meio da rua. Nada de alegoria. Depois que importaram da Bahia o estilo de carnaval de rua, o carnaval nas pequenas cidades ficou triste, salvo raras exceções. Até forró se ouve na festa do Rei Momo.

O motorista habilitado

Quando os carros começaram a chegar à vila, o mais difícil era os motoristas terem habilitação. A preocupação dos primeiros a adquirir um veículo era aprender a dirigir. Habilitação, que à época se chamava carteira de motorista. Obter habilitação era tirar a carteira. Mas isso era coisa difícil, pois o posto do Detran mais próximo ficava a mais de cem quilômetros em estrada de terra e difícil acesso – quer dizer, a vila é que tinha difícil acesso.

Para aprender a dirigir, em geral, os novatos iam para o campo de futebol para não correr risco de atropelar nada nem ninguém. Depois que se dominava a direção e se aprendia a trocar a marcha sem deixar o auto morrer, aventuravam-se pelas estradas e ruas da vila.

Muitas trapalhadas aconteciam. Um recém-casado tentou impressionar a esposa em um jipe velho. Passou todo faceiro, foi dar um tchauzinho para a amada e perdeu a direção do carro, que saiu arrancando moirões da cerca na beira da estrada. Nervoso, o chofer tentou frear, porém acabou pisando mais fundo no acelerador e fez o maior estrago.

Após controlar bem o nervosismo, dirigir pelas ruas da vila, vinha o desejo e a necessidade de ir à sede do município, às cidades vizinhas. Aí a carteira fazia falta. Os que não tinham, não raro eram parados pela polícia. Podiam conversar e dar um jeito de não pagar multas, mas não havia jeito que se desse que não implicava em desembolsar algum. A solução? Tirar a carteira.

Com as dificuldades em fazer as operações mais simples, imagine fazer um exame? A tal da baliza afugentava os motoristas da vila do exame de habilitação. A solução? Dar um jeitinho. Uma vez com a carteira, não teriam problemas com a polícia, pelo menos por falta de habilitação. Foi com esse sentimento de liberdade da opressão da polícia em pedir-lhe a habilitação que um motorista experimente da vila pegou sua carteira.

– Agora eu quero ver! Quando pedirem com aquele risinho a carteira de motorista, vou esfregar na cara deles. – E mostrava para todos o documento.

Não demorou muito, chegou a hora que tanto esperava. Vindo da sede do município viu, na grande reta, uma *blitz*.

– Vou mostrar para eles!

Reduziu a velocidade e passou olhando para os policiais. Talvez, por isso mesmo, não foi parado.

– O quê? Não me pararam?! Agora que eu tenho a carteira, vocês têm que me parar!

Parou mais à frente, fez a volta e passou diante da *blitz* mais uma vez, encarando os homens, que se entreolharam, perplexos. Como não o pararam novamente, fez a volta mais uma vez e voltou enfezado.

– Vocês vão ter que me parar!

Sem entender o vai e vem do automóvel, os policiais fizeram o sinal que o motorista tanto queria.

– Tudo bem, cidadão? Está com algum problema?

– Problema? Agora não tenho mais. Quando eu não tinha carteira, vocês da polícia, me paravam e eu tinha que me virar. Agora que tenho, vocês não me param. Não, eu faço questão!

Foi na pochete de documentos e não encontrou a habilitação.

– Tá no bolso do casaco!

Revirou todos os bolsos, o porta-luvas, o porta-malas, e nada.

– Rapaz, acho que deixei em casa, eu estava mostrando a carteira que acabei de pegar, esqueci em casa... eh...

– Esqueceu em casa? Esta história é velha, meu senhor. Terei que multá-lo.

Depois disso, sempre conferia a carteira antes de sair. Mas nunca mais foi parado, nem tentou ser.

Casamento na roça

No dia do casamento, a missão dos pais e padrinhos dos dois era não deixar o noivo beber. Era capaz de, alegre, brincar em hora séria e desandar o evento que precisava acontecer. Não poderia passar daquele dia. O noivo, naturalmente nervoso, precisava relaxar com uma branquinha, sua preferida. Não gostava de gosto de madeira. A solução, apontada pelo pai da noiva, foi trancar o moço no quarto dos sogros até chegar o escrivão e o juiz de paz, já atrasados.

O noivo era uma agonia só. Andava à toa, de um lado para o outro, imaginando quando poderia se acalmar, o que significava tomar uma branquinha. De súbito, imaginou que o sogro, com aquele ar de santo, muito bonzinho e tranquilo, pudesse guardar uma garrafa de qualquer coisa em seu quarto. Iniciou ardorosa procura. Debaixo da cama, em cima do armário, dentro do armário, dentro das gavetas... Por último, avistou um pequeno baú ao pé da cama. Era lá que encontraria algo para beber. Acertou. Achou uma garrafa verde, sem rótulo, abriu a rolha, um cheiro que lembrava álcool. Mandou ver, no gargalo mesmo. Acalmou-se. Outra golada, agora para saborear. Mais calmo ficou. Antes do terceiro gole, contudo, um ronco na barriga, pele arrepiada, a sensação que não conseguiria segurar a natureza. Disparou a gritar e chamar pelo sogro, que veio depressa acudir. Ao ver a porta abrir precipitou-se para o banheiro expulsando uma tia sua que lá estava e sentou-se no vaso. O sogro entrou no banheiro, que ficou de portas abertas, para ver o ocorrido.

– Tomei seu aperitivo, Seu Dário, e me desandou a barriga!

– Que aperitivo, rapaz? Aquilo era garrafada para curar prisão de ventre de cavalo!

– Ai, meu Deus, eu vou morrer!

Mais um ronco e outro jato. Purificou a alma. Depois do pior, quando não tinha mais nada mesmo para sair, veio a notícia que o escrivão, o juiz de paz e noiva estavam prontos, esperando por ele. Teve que pegar uma calça emprestada com o sogro, pois a sua não deu para salvar. Por orientação do pai da noiva a cerimônia foi rápida. Disseram o sim e a feijoada foi servida. O noivo correu para o banheiro e de lá não saiu no resto da noite. Mas estava casado e sua noiva, como dever, ficou a seu lado, pois acabara de prometer que estaria junto na saúde e na doença. Agora estava doente.

O problema de doença era do noivo que estava de piriri e da noiva que tinha que cuidar dele. A festa estava contratada, tudo pronto e os convivas estavam doidos pela feijoada, pela branquinha que Seu Dário tinha, pelos doces de Dona Lucia. Dos presentes, os que mais se refestelaram foram as autoridades. O escrivão e o juiz de paz ficaram na mesa reservada aos noivos, com todas as regalias possíveis. Tomaram o que queriam e comeram muito. A feijoada, quando chegou à mesa, já era noite e o ambiente era mal iluminado por tochas de querosene. O escrivão, que saíra em busca de mais uma dose, voltou correndo quando os pratos fumegantes foram colocados em sua mesa. A fome, que já apertava, o fez voltar e sentar-se. Ao fazer tal movimento a gravata acomodou-se no prato de feijoada. Com uma faca cega iniciou os trabalhos. Primeiro foi um naco de carne-seca, depois achou a ponta da gravata e começou a cortá-la como se fosse uma pele de porco. Depois de muito brigar (o escrivão era forte), conseguiu tirar um pedaço da gravata e colocar na boca. Só não tinha dentes tão fortes quanto às mãos. Não conseguiu parti-la e engoliu inteiro o pedaço de pano. Só depois de levantar é que perceberam que havia comido um pedaço da gravata. Outros perceberam, ele mesmo nem dera conta.

Com o início do arrasta-pé, comandado pelo Capitão Tião, cujo acordeom acabara de ganhar, não poderia parar a animação da turma. Ao menos nada deveria parar. Farol e barulho de carro, raro naquelas paragens, Seu Dário foi confirmar seus temores. Era mesmo Seu Demétrio e o primo Gildo, que já chegaram esquentados.

– *Ocê adescurpa,* compadre Dário, que *nóis* chegou tarde.

– Ô, não seja por isto, meu compadre, vamos chegar.

Demétrio passou à frente seguido do primo. Dário foi atrás fazendo sinal da cruz, rezando, pedindo a Santa Rita o feito impossível de fazer com que Demétrio não arranjasse confusão no final da festa, o bolo já estava por partir. Só aguardavam o noivo melhorar um pouco mais.

Nas orações, por conhecer o compadre, Seu Dário não botou tanta fé, pois sabia que não adiantaria. Demétrio cismou de dançar com noiva de Ariovaldo, rapaz corpulento, que ficou enfezado. Ele e mais uns cinco, entre primos e irmãos, se juntaram para dar um corretivo no abusado. O velho sitiante deu um risinho típico e falou com o primo, a título de intimidação:

– Vai lá no carro e pega aquela arma. Hihihi!

O primo Gildo foi, deixando Ariovaldo e os seus intrigados e em dúvida se havia ou não uma arma. Gildo, não entendendo muito bem o espírito da coisa, já que Demétrio se preparava para sair também, achou que a tal arma era a motosserra que estava no carro. Ligou o aparelho e o ronco estridente silenciou até o acordeom de Capitão Tião. O primo de Demétrio já veio fazendo uma desgraça. Com a motosserra derrubou uma moita de bananeiras, acabou com as roseiras da mãe da noiva e atacou uma moita de cana. Neste meio-tempo, Ariovaldo e os outros não estavam mais lá para ver as cenas que sucederam. O operador da motosserra ficou ensandecido e sentiu-se encorajado por Demétrio ao vê-lo rir satisfeito. Dono da situação, depois de derrubar a moita de cana, correu para a mesa do bolo, fazendo o povo dispersar. Sozinho, em frente à mesa, partiu o bolo ao meio, com mesa e tudo, de forma que as duas partes se fecharam como se fosse um livro, acabando com o bolo. Demétrio trocou o risinho sarcástico por uma expressão de perplexidade. Depois do bolo "partido", a gasolina da motosserra acabou e o povo da casa, incluindo o pacífico Seu Dário, partiu para cima de Demétrio e seu primo. Por pouco escaparam da fúria dos parentes dos noivos.

Com isso a festa foi encerrada e Capitão Tião desceu para a vila com o acordeom nas costas, confirmando o ditado: "Festa acabada, músicos a pé".

www.josehuguenin.com